U0061112

我的名字是

....

Geronimo Stilton

奇鼠歷險記 ⑬

水晶宮保衛戰

新雅文化事業有限公司
www.sunya.com.hk

目錄

不只是一個王國……而是整片帝國！　　9

奇幻故事集　　12

一座似曾相識的城堡　　18

奇妙的現身　　20

消失的寶貝　　26

帝國傳說　　36

七秘密之島　　54

光陰似箭！　　60

完美一箭　　70

長翅族聯盟　　78

隱形攻擊！   88

王國邊境   96

只有善於發現的眼睛，才能發現隱藏的秘密 104

藝境大師   112

完美掛毯   120

一個知己……抵得上千金？   130

老鼠，你完蛋了！   138

不一樣的飛行旅程！   150

沼澤巨怪   162

別被表面所迷惑和蒙蔽！ 168

火焰彈跳！ 174

深海怪獸 182

值得守護的寶物 192

斯芬克斯的挑戰 200

叛逆的眼淚 208

神秘人物 212

來自高尚靈魂的黃金 222

突如其來，讓人措手不及！ 234

石巨人 242

棋局對弈 250

閉着眼睛都能贏！ 256

旋風腿 260

咦，這可不對！ 266

責任心與智慧 272

快抓緊我！ 278

夢想帝國皇冠！ 284

新女皇 290

加冕典禮 300

不速之客 306

邁向新帝國的第一步 312

給班哲文的驚喜 320

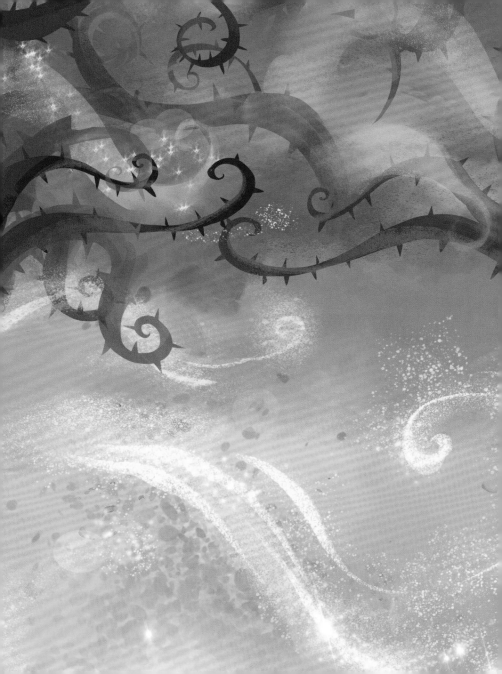

不只是一個王國……
而是整片帝國！

親愛的鼠迷朋友們，你們知道嗎？在很久、很久、很久以前，世界上有一片廣闊無垠的神奇疆土——

那就是
傳說中的夢想帝國！

過去我曾多次遊歷夢想國，然而這些地方只是夢想帝國其中的一部分。這片神奇的國度是如此神秘又廣闊，從沒有誰能夠一覽它的全貌……它又是如此美麗，只有插上夢想的翅膀，你才能想像出它的輝煌……

然而，黑暗的時代突然降臨，令夢想帝國發生了翻天覆地的改變。一個邪惡的魔法師獲得了無邊法力後，將帝國豐饒美麗的沃土化為了灰暗貧瘠的荒漠。唯有夢想國這片土地，從那次可怕的災難中倖存下來……

　　終於有一天，一隊英雄們決定重新出發，讓整個帝國恢復生機！

　　而我迫不及待地要向你們講述這次史詩般的旅程，一次會讓你們心潮澎湃的旅程……

　　以我 *謝利連摩·史提頓* 的

名義發誓！

奇幻故事集

　　這是妙鼠城一個涼爽的秋日傍晚。在漫長的一日工作後，此時正是放鬆的最佳時刻！我一邊嚼着可口的乳酪點心，一邊埋頭品讀一本好書！

　　我真是樂在其中……甚至可以説……我完完全全地沉浸在這一本**書**裏！

　　我手中握着的，是一本立體書。你們有沒有見過只要一翻開書頁，畫面就會彈跳出來的書？

　　沒錯，這是一本讓鼠意想不到，與眾不同的立體書！

　　我們《鼠民公報》，正打算推出一本全新的**立體書**——《奇幻故事集》，以滿足讀者朋友們的好奇心！

　　哦，對了，也許你們還不認識我呢……

我名叫史提頓，**謝利連摩·史提頓**。我經營着《鼠民公報》——老鼠島上最有名氣的報紙！

正如我和你們介紹的，此時此刻我正專注地細讀着《奇幻故事集》，檢查每一頁是否完美無瑕，因為這本書明天就要交付印刷！

我可不想讓我的姪子班哲文失望，他是非常熱愛**奇幻**故事，也是我的讀者，超級書迷！

真是無與倫比啊！

　　一想到當這孩子翻到這一頁頁描述各種魔法師、**仙女**和魔法城堡等等精緻多彩的畫面，他該有多開心啊！最重要的是，我可不想讓爺爺坦克鼠失望。不然爺爺一定會狠狠地教訓我，把我埋進那些插畫上，揍得扁扁的……就像要把我壓成一枚**書籤**！

　　我逐頁翻看着美妙的畫面，心裏逐漸平靜下來。我肯定這本書會大受歡迎的！書中的故事打動鼠心，插圖繪畫精緻，栩栩如生，讓我仿如投入了書中的插圖，置身奇幻的世界！

　　我開始閱讀第一個奇幻故事——《金冠之龍》。書中的插畫十分生動，我彷彿也進入書中，與那條神奇的**巨龍**一起飛翔！

14

夢想帝國
鑰匙

現在來學習使用這把夢想帝國鑰匙吧！它會給你提示，讓你破解夢想帝國的秘密信息。

在這本書中有8處隱藏了夢想帝國的秘密信息！只要你試着利用這一把夢想帝國的秘密鑰匙，就能在書中找出一些關鍵詞語，破解女皇頒布的詔令。伙伴們，快來一起找出夢想帝國的秘密吧！

使用步驟：

- 請沿着虛線把鑰匙撕下來。
- 請沿着虛線把鑰匙柄上白色的位置撕出來。
- 當書中出現金色的虛線位置時，請將這一把夢想帝國鑰匙擺放到適當的位置。
- 在鑰匙柄上的空間就會顯示出一個關鍵詞語。
- 最後，請在本書第313頁填上這些詞語，你就能解讀女皇頒布的詔令了。

　　我接下來翻閱另一個故事——《千年魔法師》，插圖上一座神秘的古堡吸引了我，古堡內一條條秘密通道縱橫交錯，金碧輝煌的大廳散發出奇幻的光彩！

　　隨後，我開始閱讀第三個故事——《叛逆公主》。

　　這個故事的插圖有些奇怪……彷彿有魔力，卻讓我感覺如此熟悉。

　　為了看得仔細一點，我伏在書本上……靠近一點……再靠近一點……再靠近一點……

　　突然，畫面上發出了強烈的光芒，讓我頭暈目眩。一陣熱熱的、香香的風襲來，讓我身輕如燕，神奇地把我的身體托起……

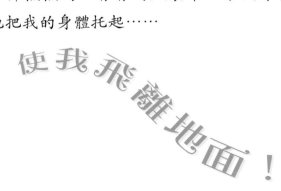

使我飛離地面！

一座似曾相識的城堡

有一瞬間，我感覺到一股未知的力量托着我飛翔。

沒多久，我總算着陸了。我心神不定，四處張望。

我發現自己置身在一片茂密的樹林，樹枝上長滿了寶石，它們叮叮咚咚地在風中搖曳着。

我望向天空，我從未見過如此明澈的蔚藍色，遠處出現一座建築的輪廓……看來是一座宏偉的宮殿……

以一千塊莫澤雷勒乳酪的名義發誓……這分明是我剛剛在《奇幻故事集》裏看到的插畫場景啊！

難道說我穿越到了書本裏？！

這怎麼可能呢？！

當然，我喜歡沉浸在書中的故事裏……

但不是現在！！！

我鼓起勇氣，向那座宮殿走去。相信在那兒一定會有人能幫助我。

我走啊，走啊，走啊，直到我累得氣喘吁吁、筋疲力盡、汗流浹背⋯⋯

我總算走到了宮殿附近。我觀察着整座宮殿，只見它發出璀璨的**藍色光芒**！

我伸出手爪揉揉眼睛，難道這座宮殿就是⋯⋯**水晶宮**？仙女國皇后和夢想國統治者芙勒迪娜皇后所居住的宅邸？

如果我沒看錯，我的朋友定能助我一臂之力！

我興奮地一路小跑，累得上氣不接下氣。

當我跑到宮殿前，我的一顆心幾乎要跳出來了！

奇妙的現身

　　我推開宮殿大門，發現這座水晶宮殿不再是書中的插畫，而是璀璨閃亮、實實在在的城堡，這正是仙女國皇后——**芙勒迪娜皇后**居住的地方！

　　我激動萬分，終於回到了這片廣闊無垠的神奇領地——夢想國！我曾在這兒經歷了多少次奇遇，天知道又有多少奇遇在前方等着我呢！

　　我進入一座城堡的大殿，大殿的天花板就像春日晴空般蔚藍。

　　我在空氣中嗅到一陣獨特的**香味**。每次芙勒迪娜皇后走進房間時，空氣中都會瀰漫着這種玫瑰的芳香！

　　我向四周張望，可是……房間內空無一人！

　　真奇怪呢！以往每次我抵達水晶宮時，芙勒迪娜皇后都會熱情地歡迎我。

突然，一把聲音在大殿裏響起來：

「騎士！騎士⋯⋯士士士！騎士⋯⋯〉

是誰在講話？那聲音在空曠的大殿裏迴蕩！

「騎士！騎士⋯⋯士士士！騎士⋯⋯〉

那聲音還在響！它到底是
從哪兒傳出來的？

就在一剎那間，我看到一
個身影如疾風般衝入房間，她
身穿一件一直垂到腳面的長斗
篷，頭上披着帽子。在她轉頭
的一瞬間，我瞥見了熟悉的面
龐。我確信無疑，她正是芙勒
迪娜皇后！

我高聲打招呼說：「皇后陛下！」

我趕忙朝她跑過去，一不留神兩隻腳絆在一起，摔倒在地上！

看到我這般笨拙的模樣，我的朋友發出了一陣銀鈴般的笑聲。

隨後，她轉身跑了，身影消失在一扇門後，只留下我呆站在大廳中央，像個大傻瓜。

真奇怪！這可不是芙勒迪娜皇后的行徑！她為什麼跑走了？又為何突然要身披一件黑色斗篷？

皇后陛下！

不一會兒，我又聞到了那股獨特的玫瑰花香……**芙勒迪娜皇后**又出現了！

她甜美的聲音響了起來：「騎士，你終於到了！我很開心能在城堡裏見到你！自我們上次一別，已經很久了！」

我向她行了屈膝禮，然後困惑地說：「皇后陛下，我很高興見到你！不過……難道我們不是剛剛才見過面嗎？」

芙勒迪娜皇后皺皺眉頭，對我說：「沒有啊，騎士！我剛剛才來到！」

我摸不着頭腦地追問：**「那麼之前那位是誰？」**

芙勒迪娜皇后看上去更困惑了，問：「之前？你指什麼？」

我嘀咕着說：「你……她……你們的臉……眼神……**玫瑰**花香……」

皇后的臉上綻放出夏日般燦爛的笑容，解釋說：「騎士，也許是你旅途太累了吧！不過很遺憾，我

們並沒有太多時間休息⋯⋯」

芙勒迪娜皇后的臉上逐漸褪去笑容，蒙上一層愁霧，她的語調凝重起來，說：「我們正面臨着**可怕的威脅**。因此我召喚你來，我忠誠的朋友——只有你能為我們帶來希望！」

聽到她這番話，我吃驚得鬍鬚都豎了起來。

我從來沒有、一刻也沒有聽到過芙勒迪娜皇后用如此**憂傷**的語氣說話！

她說的可怕威脅到底是什麼？

我鎮定下來安慰她：「請告訴我，有什麼我能為你效勞，我定當竭盡全力！」

她示意我說：

「**隨我來，這樣你就能親眼目睹一切。**」

消失的寶貝

　　我緊隨着芙勒迪娜皇后，在水晶宮裏蜿蜒的走廊穿行。

　　我焦慮緊張得鬍鬚根根豎立，我們所經過的一條條走廊在我看來格外

漫長長長。

　　我們來到一個房間的大門前。我猜這房間內一定收藏着某件重要，應該說很重要，非常重要的物品，因為房間外站滿了**守衞**。

這羣守衛可真古怪！他們外表十分奇異，有些**眼睛非常大**，眼球異常凸出，還有些**耳朵很大又闊**像風帆！另外，有些長着小山般聳起的**大鼻子**。

千里眼

芙勒迪娜皇后向我解釋：「騎士，請讓我為你介紹這些**王牌士兵**。他們是整個夢想國內五官五官最靈敏的守衛。從沒有什麼能逃過他們敏銳的視覺、聽覺和嗅覺偵查！」

順風耳

隨後皇后歎了口氣，補充説：「可惜，就連他們也**守護**不了房內收藏之物……這場危機就是從這裏開始！」

什麼什麼什麼？！

一聞準

27

居然有人能在羣士兵的眼皮底下，神不知鬼不覺地偷走東西？！

這怎麼可能？！

當我走進那個圓形的房間裏，我不禁吃驚得目瞪口呆！在房間裏，擠滿了各種行動古怪的傢伙，大家都舉着放大鏡、測量儀錶和其他複雜的儀器⋯⋯

他們看來一副**學者**的模樣，似乎正在埋頭苦幹，周圍搜查線索。

我仔細打量着，只見許多學者們圍着一個巨大的水晶瓶搜查。這個水晶瓶安放在一個形狀像一朵花般華麗的水晶底座上！

水晶瓶裏放着個綢緞軟枕。那軟枕如此柔軟舒適，我真想靠在上面打個盹⋯⋯而軟枕上卻空空如也！

看來丟失的東西十分重要⋯⋯連王牌士兵們嚴防死守也無法守護它！

皇后轉頭對我說：「騎士，現在你明白我為何如此擔憂了吧？那水晶瓶裏原本收藏的，是『和諧寶石』⋯⋯如今失竊了！」

我驚訝地說：「以一千塊莫澤雷勒乳酪的名義發誓，那寶石一定很貴重吧？」

芙勒迪娜皇后點點頭：「那是一塊古老的石頭，它的來源可以追溯到夢想國建國時代⋯⋯它是王國力量的象徵⋯⋯沒有它的庇護，我們的邊境危在旦夕！」

就在此時，一位長着兩撇 *長鬍子 長鬍子* 的臣子
快步向我們走來。他的鬍鬚
長得直垂到地板上了。

情況十萬火急啊！

他目不轉睛地在一本
小簿子上潦草地寫字。

他走到我們面前，
焦急地嚷嚷道：「皇后
陛下，情況十萬火急啊！我
的伙伴們正在追查那個小偷的
下落，但到目前仍然一無所獲啊！
我們一直盼望着的那位勇敢善戰、正直無畏的救星
駕到了嗎？」

等那位臣子看到了我以後，他從口袋裏掏出個
厚厚的 *放大鏡*，把我從上到下打量個遍，從耳朵
根一直到尾巴尖。

「嗯，難道就是他嗎？」那位臣子有些失望。

我嘟囔着自我介紹説：「呃……我的名字是史提頓，謝利連摩·史提頓，其實我並不勇敢善戰，也並非正直無畏！老實説，我是一隻有些膽小的小老鼠！」

芙勒迪娜皇后糾正我的話：「我的朋友如此謙虛，總是小看自己。他的的確確就是正直無畏的騎士！」

那臣子立刻換了一個表情，他的鬍鬚興奮地翹了起來。

他對我説：「哦，我一看就知道一定就是你！請允許我先做自我介紹，我是聰聰伯，專門研究各種奇聞異事、正史野史，以及不解之謎！」

他使勁握握我的手，兩條鬍鬚在像乳酪一樣白胖胖的臉頰上抖來抖去。

假如我沒猜錯的話，他是……夢想國的一位偵探？

　　我趕忙說：「我很榮幸認識你，希望能助你一臂之力！」

　　聰聰伯的鬍子現在變得如同煮久的麵條一樣柔軟。

　　我說：「希望如此，我親愛的朋友！偷走這塊寶石的人，是個十分危險的賊！」

　　芙勒迪娜皇后歎了口氣，補充說：「這正是我召喚你的原因，我忠誠的騎士。我們已經可以肯定，**偷走**這塊『和諧寶石』的，就是夢想國有史以來所遭遇過的最兇惡、難以抵禦的對手……

！」

帝國傳說

芙勒迪娜皇后給我解釋着，娓娓道來。隱形軍團？我從沒聽說過它。不過，這名字聽起來有些可怕，嚇得我鬍鬚直發**抖**！

皇后繼續說：「隱形軍團，一直以來是我們的死敵，如今他們偷走了『和諧寶石』，削弱了我方的力量。我們夢想國上下的民眾都置身險境。這一刻已經來臨，他們的目的在於徹底摧毀⋯⋯

古老的夢想帝國！」

我驚訝地嘟嚷着說：「夢想帝國？」

在我所遊歷過的那些地方，我都曾經聽說過眾

多神話傳說，有的神奇，有的可怕，有的魔幻，有的神秘，有的不可思議，有的變幻莫測，有的令我恐懼；傳說裏出現過女巫、巨龍、怪獸、食肉魔、精靈、公主和騎士……不過，他們都是來自夢想國，而不是*帝國*！

　　聰聰伯拿放大鏡仔細端詳着我的臉。他的兩撇鬍鬚變得像兩根感歎號一樣，感歎說：「你的臉上寫滿了困惑！」

聰聰伯鬍鬚所代表的語言

1. **疑惑**：鬍鬚變成問號的形狀。
2. **墜入愛河**（他一生中只發生過一次）：兩撇鬍鬚連成一顆心，在鼻尖連接起來。
3. **憤怒**：鬍鬚形成一支箭的形狀。
4. **滿意**：鬍鬚捲成兩個圈圈，就像兩個蛋卷一樣。
5. **聚精會神**：鬍鬚筆直倒立，就像兩個感歎號一樣。
6. **灰心喪氣**：鬍鬚軟綿綿，就像煮久的意大利麵。

芙勒迪娜皇后嚴肅地對我說：「我希望這一刻永遠不會來，我的騎士。不過，是時候告訴你關於百花國和沼澤國的傳說了。請隨我去神話廳！」

皇后和聰聰伯領我進入仙女書籍博物館。我們沿着隱藏在書架後面的螺旋樓梯拾級而下，進入一個巨大的地下密室。

這個房間的四壁嵌着水晶小方磚，上面雕刻着很多傳說和神話中的奇異生物，以及猛獸鬥爭的場景：有的畫面描述了女巫正在綁架公主，有的描述少女們變身成為樹木、獨角獸、海妖，甚至還有的變成了蛇尾獅身、會噴火……

我驚訝得張大嘴巴，凝視着畫中的細節。

芙勒迪娜皇后對我解釋說：「這個房間裏雕刻着在我們世界曾經傳誦的**神話、故事、傳說**和**預言**！」

她一邊説，一邊拉起厚重的天鵝絨窗簾，露出牆內的一個壁龕。以一千塊莫澤雷勒乳酪的名義發誓！那裏放着一本我從未見過如此巨大的書，真是前所未有！

🔲 它的封面差不多碰到了天花板；

🔲 要想翻開它，需要爬上**高高的梯子**；

🔲 我家圖書館內所有書的內頁加起來，也不及這本書厚；

🔲 就連傳説中擁有九條命的貓，恐怕也沒辦法在有生之年把整本書讀完！！！

聰聰伯告訴我，這就是包羅萬象的神話典籍（裏面收錄了各種恐怖怪談、天方夜譚和奇聞異事）。

他繼續説：「這本書內文共 *80045678443226724 70500000362109080045678443226724905000003621090* 頁，不包括引言和目錄。快點，你快去讀啊！」

我的臉頓時變得像莫澤雷勒乳酪一樣蒼白！

「別擔心！」聰聰伯告訴我，我給你在書中放了一條絲帶書籤做標記！」

真可怕！

他的話只能讓我平靜一會兒，因為很快聰聰伯就向我指了指倚在這本大部頭上的梯子，我頓時緊張得瞠目結舌！

我結結巴巴地問：「你想讓我*爬上去*？不可能！我畏高的！！！」

可是，當我的目光迎上了芙勒迪娜皇后期待的眼神時，我明白自己不能退縮。

我只好答應道：「呀⋯⋯我這就去！」

我*(非常)*慢慢地爬上梯子，翻到絲帶書籤標記的那一頁⋯⋯

⋯⋯⋯開始閱讀起來。

夢想帝國
的傳說

很久以前，在夢想國邊緣有一個國度。

如今地圖上已看不到它的領土。

那裏的居民曾生活得平靜、快樂，

那個國度就是百花國。

那裏百花齊放、生機勃勃。

那裏的人們安寧平和。

百花國與其他國度一起，組成了輝煌的夢想帝國！

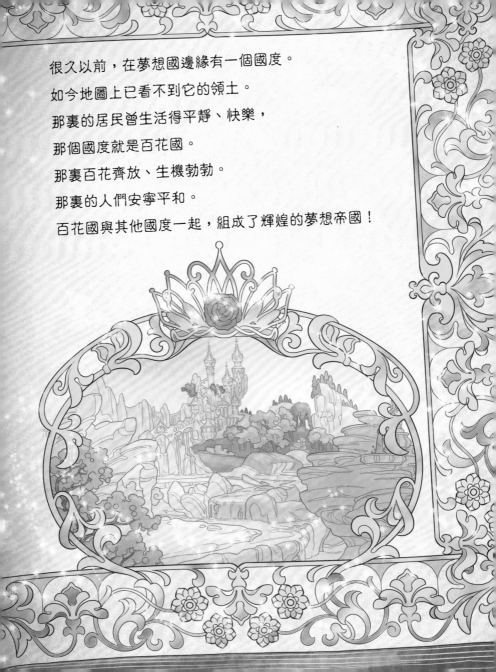

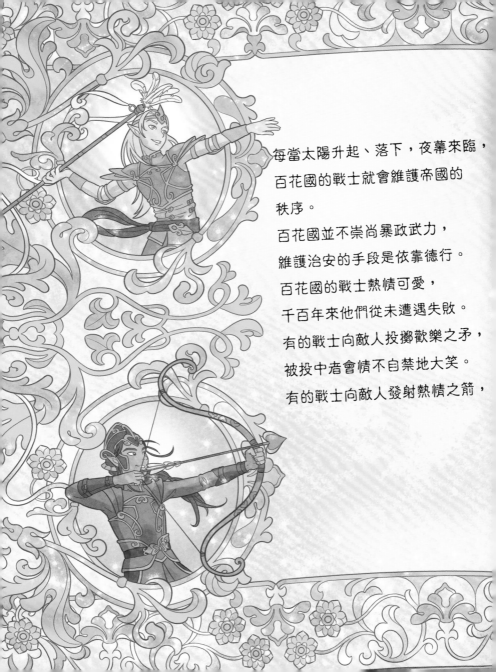

每當太陽升起、落下，夜幕來臨，
百花國的戰士就會維護帝國的
秩序。
百花國並不崇尚暴政武力，
維護治安的手段是依靠德行。
百花國的戰士熱情可愛，
千百年來他們從未遭遇失敗。
有的戰士向敵人投擲歡樂之矛，
被投中者會情不自禁地大笑。
有的戰士向敵人發射熱情之箭，

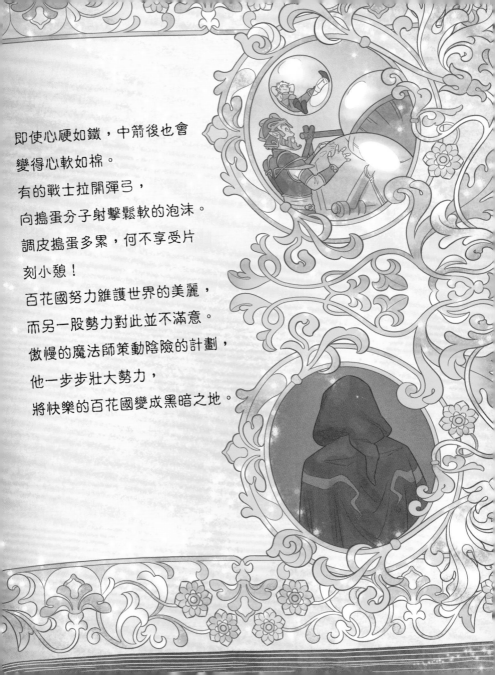

即使心硬如鐵，中箭後也會
變得心軟如棉。
有的戰士拉開彈弓，
向搗蛋分子射擊鬆軟的泡沫。
調皮搗蛋多累，何不享受片
刻小憩！
百花國努力維護世界的美麗，
而另一股勢力對此並不滿意。
傲慢的魔法師策動陰險的計劃，
他一步步壯大勢力，
將快樂的百花國變成黑暗之地。

他認為自己志向偉大卓越，
他藐視周圍的一切。
他無休無止的征服和摧毀，
他的領土擴張到天邊的彩虹！
而百花國則化為了荒蕪的沼澤。
百花國的居民們變得悲傷，
他們從未如此絕望。
他們的眼神中不再有詩意，
而是對夢想國的深深恨意！

百花國最終變成了可怕的
沼澤國。
那裏暗無天日、污水橫
流、烏煙瘴氣!
生機勃勃的軍隊,變成了
殘暴之徒!

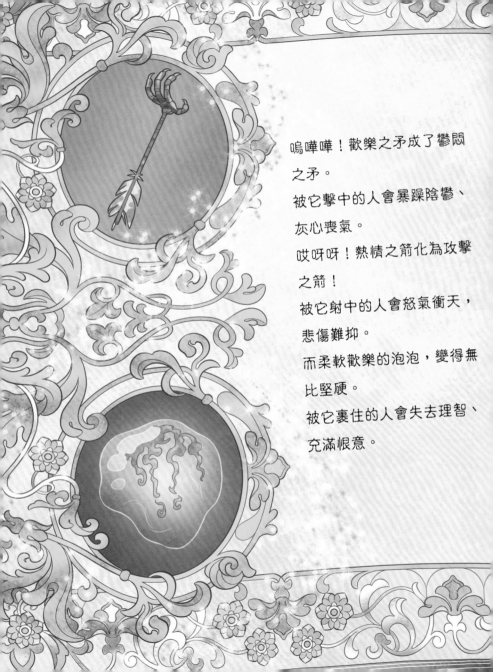

嗚嘩嘩！歡樂之矛成了鬱悶之矛。

被它擊中的人會暴躁陰鬱、灰心喪氣。

哎呀呀！熱情之箭化為攻擊之箭！

被它射中的人會怒氣衝天，悲傷難抑。

而柔軟歡樂的泡泡，變得無比堅硬。

被它裹住的人會失去理智、充滿恨意。

百花國的居民，生活蒙上
了灰色陰影。
魔法師施展法術，將他們
變成了隱形！
他們懷揣恨意，將帝國疆
土變為荒漠。
只有夢想國得以倖存，保
存了帝國的碩果。
可是，總有一天，隱形軍
團會捲土重來，
又一輪凌厲的攻擊指日可
待！

百花國

沼澤國

七秘密之島

　　我讀完這一本非比尋常的大部頭上有關帝國傳說的描述，不禁從頭到尾巴渾身顫抖起來。

　　我嘀咕說：「難道那一天⋯⋯已經來臨了嗎？」

　　聰聰伯答道：「沒錯，騎士！」

　　哆哆哆！！！我不禁想像起隱形軍團四處撒野的畫面⋯⋯他們一會兒竄到那兒⋯⋯一會兒移到這兒⋯⋯甚至還可以隨時來襲揪着我的尾巴！

真可怕啊！

　　我嚷嚷起來：「敵人如此強大，我們該如何守護夢想國呢？」

　　芙勒迪娜皇后安慰我，說：「騎士，我們仍有一線希望。書中紀錄了傳說的最後一部分，你還沒讀完啊！」

只有一頂皇冠，能拯救夢想國。

若想拿到它，你必須頭腦靈活。

它可讓王國恢復統一，擊退邪惡的勢力！

它藏在七秘密之島上。那裏遍地砂礫，豎着道道高牆。

想要拿到它，你必須穿過崎嶇小徑，

唯有長翅仙人族的面具，能讓它顯出原形！

在第五天時，必須立刻離開……

一旦你誤了時機，永遠再無法回來！

哎，我真是粗心大意呢！

我翻開書頁，繼續閱讀起來……

我寬慰地歎了口氣，看來我們仍有一線生機！

芙勒迪娜皇后對我說：「『和諧寶石』失竊，預示隱形軍團即將對我們發動**攻擊**。只有他們能夠從王牌士兵嚴密的看守下溜走。他們讓人看不見，他們行走時不會發出任何聲響！」

哆哆哆，真可怕！哪怕只是聽到芙勒迪娜皇后提起他們的名字，我都會嚇得毛髮豎立！

皇后熱切地望着我說：「我們的王國危在旦夕，現在只有一種方式，可以拯救國民、恢復和平：

讓夢想帝國恢復昔日的榮光！

我最忠誠的騎士，拜託你幫助我們拿到那頂皇冠……拜託你今日立刻啟程，前往七秘密之島！」

什麼什麼什麼？！

我必須立刻啟程前往那座可怕的小島？！

我鼓起勇氣，詢問芙勒迪娜皇后：「不過……皇后陛下，你會隨我一起前往七秘密之島嗎？還有……呃，我能從這梯子上下來嗎？」

「親愛的騎士，這次陪同你出發的不是我，而是一位**勇敢的女戰士**！打起精神，下來吧。該換上此次出征的裝備了！」

我踩着梯子一邊往下走，一邊暗自思索。那位勇敢的女戰士究竟是誰？她竟能夠替代和平守護者、仙女國芙勒迪娜皇后**出征**！

芙勒迪娜皇后微笑着向我解釋：「我必須留在這裏守衛水晶宮，抵禦隱形軍團的攻擊，不過我敢保證，我選擇的女戰士，絕不會辜負我的用心良苦！只不過，她性格有些急躁，不過這也是她的天性，她還未滿十八歲……我都等不及讓你看看我親愛的**阿麗娜**，她現在已是一個勇敢和驕傲的少女了！」

我震驚得說不出話來。

阿麗娜公主，芙勒迪娜皇后的寶貝女兒？

阿麗娜公主，她就是我從黑尾督——妮勒迪娜的未婚夫，黑暗族裔的統領者手中救過的小寶

實？？

　　阿麗娜公主，那個看到她在搖籃裏酣睡就讓我感動不已，夢想國最可愛的小女嬰？？？

　　阿麗娜公主，那眼珠像矢車菊般蔚藍，小手像蓮藕一樣豐滿，心靈像乳酪一樣柔軟的小丫頭……是她，就是她，現在已經快滿十八歲了？

　　這個消息真是令我震驚不已！

光陰似箭！

　　我疑惑地問：「皇后陛下，上次我看到阿麗娜時，她還是一個小嬰兒！她怎麼這麼快就長大了呢？」

　　芙勒迪娜皇后向我指了指在房間一角的擺鐘，解釋道：「你要知道，夢想國與你世界的時間流逝速度並不相同！」

　　芙勒迪娜皇后說的沒錯……在我剛從睡夢中醒來時，感覺時間

得像蝸牛……

當我在夏日中嬉戲時，時間卻像野兔一樣**飛快**地溜走了！

這時，我的朋友為我帶來了幾件精美的衣服，對我說：「騎士，這套服裝製作精良，保護你踏上的*漫長旅程*。」

漫長？可是，大部頭的寓言中提到只有五天……不過，事情總有積極的一面，幸好夢想國時間與老鼠島的時間流逝速度並不相同。因此夢想國中的一年，只是老鼠島上的一日而已。如此算來，我還能趕得上將《奇幻故事集》交付印刷！

突然，一聲驚雷般的咆吼聲劃破空氣：

嗷嗚嗚嗚嗚嗚！

救命啊！真可怕！

　　一秒鐘後，一隻巨大威風、令鼠膽寒的白虎跳進房間！

　　那白老虎步伐靈敏地在房間轉着圈，一位衣着華麗的年輕仙女騎在牠身上。原來，之前我誤認為是芙勒迪娜皇后的身影，其實就是小公主！

　　「大家好！」她向我們打招呼。

　　我呆呆地站在那兒，她的相貌與我所見的仙女國眾仙女都不同。

　　她的頭髮鬈曲蓬鬆，彷彿被龍捲風吹過般的獅子頭造型。她的五官卻像蝴蝶翅膀一樣精緻嬌美，她的皮膚泛出柔和的藍色，她的眼睛又大又圓、炯炯有神。

　　她和芙勒迪娜皇后並不一樣，卻又如此相似。當我凝望她時，我感覺自己的心如春日小溪般溫暖明澈。

　　芙勒迪娜皇后溫和地告誡她：「阿麗娜，我的寶貝，你應該知道，我不希望你騎着『黎明』踏入宮殿！」

大家好！

阿麗娜公主

從白老虎背上一躍而下，用銀鈴般的聲音反駁道：「可是，媽媽，『黎明』只不過是一個小幼崽啊。」

　　隨後，她朝我鞠了一躬，打招呼說：「正直無畏的騎士，我們終於見面了！在我還是一個小嬰兒時，你曾拯救過我！」

她一邊說，一邊伸開雙臂勾住我的脖子，讓我害羞得滿臉通紅。

我清清嗓子說：「咳咳……公主殿下，我那時只是做了應做的事而已！看看你……你長大了，亭亭玉立！」

芙勒迪娜皇后溫柔地說：「沒錯，阿麗娜是我的驕傲！」

看到我的朋友和她的女兒並立在一起，真讓我開心！

我懷著熱切的目光注視著阿麗娜公主，在她旁邊同時還有一股冰冷、饑餓的目光在注視著我……那目光來自一隻白老虎——『黎明』。牠正打量著我，彷彿我是即將要被吃掉的獵物！哆哆哆！我有沒有告訴過你們，貓科動物都會把我嚇得汗毛直豎？

阿麗娜公主向我保證說：「你不必擔心『黎明』，牠是一個溫柔的小傢伙！我能讀懂牠的眼神，牠看上去很喜歡你。你快摸摸牠，不然牠會不開心！」

……也許牠喜歡我……只是想把我當成點心！

64

　　我萬分謹慎地伸出手爪，輕輕摸了摸這隻白老虎幼崽，我害怕得渾身顫抖不已！

　　我害怕地嘟嚷着説：「好小虎，乖小虎，讓我輕輕撫摸你！」

　　聽到我的話，黎明突然打了個滾，肚皮朝上，滿足地發出陣陣「咕嚕」聲，震得牠腳下的大地抖動起來……

咯咯咯……真可怕！

阿麗娜公主

身分：她是仙女國芙勒迪娜皇后的女兒。她十分堅強，但有些急躁。大家都稱呼她「叛逆公主」！

性格：她性格果斷勇敢，心靈純淨無暇。她總是奮力幫助守護弱小。

愛好：她喜歡下棋，也很擅長畫畫和射箭！

聰聰伯向我解釋：「公主殿下和這隻白虎總是形影不離的。」

隨後，他壓低聲音補充說：「規則對她來說形同虛設，她想做什麼就做什麼。所以，大家都叫她『叛逆公主』！」

「我聽到你剛剛說了什麼，知道嗎？」阿麗娜公主不服氣地插嘴說，「沒錯，大家都稱我為『叛逆公主』，我倒是很喜歡這個雅號！」

芙勒迪娜皇后沉靜地笑笑：「我的小阿麗娜總是活潑好動。幸好，她身邊還有一位性格沉穩安靜的女伴，菲爾瑪……」

阿麗娜公主握住我的手，激動地說：「騎士，我都等不及把她介紹給你啦！我不久前才認識她，不過她現在已是我最好的朋友了！她送了這個禮物給我呢！」

她指了指頭上一枚蜻蜓形狀的髮夾。

說完，她就像閃電一樣奔出房間，馬上又牽着一位笑容可掬的小仙女回來了。

菲爾瑪

身分：她是一位年輕的小侍女，來到水晶宮後沒多久，就和阿麗娜成為了好朋友。她們二人彷彿已結識多年，十分投契！

性格：她和小公主一樣，是一個理想主義者。她的性格溫柔。她温暖的笑容和真誠的眼神，很快就獲得了阿麗娜的好感！

愛好：她十分精通藝術，喜歡製作美味甜品。

　　她的頭髮顏色十分鮮豔。一頭柔軟芬芳的 **紅髮** 垂過肩，宛如閃亮的紅寶石瀑布！

　　她朝我深深鞠了一躬，說：「我久仰你的大名，騎士！阿麗娜公主說你是一位大英雄！」

　　我聽了不禁尷尬得臉紅耳赤。小仙女的讚歎真讓我手足無措！

　　公主介紹說：「你們可別被她嬌弱的外表騙了！**菲爾瑪** 很有創作天份，尤其擅長藝術設計！我也想變得像她那麼優秀！你們想不想看看我們的作品？跟我來！」

　　她甚至還沒等我們開口回答，就已經急不及待大力把我們拽到城堡外，一直來到花園裏。

　　以一千塊莫澤雷勒乳酪的名義發誓，前往 **七祕密之島** 的旅程定會充滿危險⋯⋯不過只要有阿麗娜公主在，旅程就一定不會枯燥乏味！

完美一箭

阿麗娜公主在廣闊的花園裏為我們帶路，穿過茂密的植物、樹木和花朵。

她驕傲地對我說：「騎士，這裏是我的秘密領地……大家說這裏是**公主花園**！因為我最喜歡在這兒消磨時間，鑽研我那幾項愛好！」

我望向四周，只見涼亭裏設置了一張小桌，上面有一副棋盤。在涼亭前面，有一個木架擺放了各種尺寸的矛和劍。

在花園裏，四處零散掛着幾個**箭靶**。這些箭靶上面都好像仙人掌一樣密密麻麻的插滿了箭。

看來阿麗娜公主很喜歡射箭這項運動！

我們來到一棵大**柳樹**下面，樹下有兩個畫架，每個架上放着一幅畫像。在其中一個畫架前有兩張小板凳，擺放了兩枝**畫筆**、調色板和一些畫具。阿麗娜公主指給我看那兩幅畫像，顯然繪畫的對象是同一個人。因為兩幅畫上都標注了模特兒的名字：*羅倫*。

嘻嘻嘻！

這幅是我畫的！

羅倫

羅倫

「你們看到了嗎？」阿麗娜公主解釋説，「第一幅是菲爾瑪畫的，第二幅則是我畫的……」

這兩幅畫臨摹的是同一位面容**嚴肅**的英俊青年。第一幅畫很明顯更為逼真、繪畫技巧高超，而第二幅簡直是一幅搞笑**漫畫**，畫中的青年長着兩道濃眉，噘着嘴，似乎一臉不高興。

阿麗娜公主哈哈大笑道：「照我説，我的作品才是最逼真，最像真人！」

芙勒迪娜皇后湊近看看，歎了一口氣説：「阿麗娜，別再捉弄羅倫了！他是一個勇敢、有教養的小伙子，最重要的是，他總是竭盡全力**保護**你。」

「問題就在這裏。」阿麗娜公主抗議説：「我不需要誰來保護我，至少輪不到一個馴龍員，一個自以為是，以為自己『無所不知』的傢伙來保護！我做事很有分寸，就算我需要幫助……還有『黎明』陪伴我呢！」

以一千塊莫澤雷勒乳酪的名義發誓！阿麗娜公主的確很有**個性**，很強勢！現在我明白為什麼大家都叫她「叛逆公主」啦！

公主，小心！

阿麗娜公主大步流星地走了，她心不在焉一腳踩上了擺放劍和矛的武器架。一根沉重的長矛失去平衡、從高處墜下來，眼看就要戳到公主……

咚咚咚！！

說是遲，那是快，一根箭筆直射過來，巧妙地擋住了下墜的長矛。

　　我高聲喝彩：「以一千塊莫澤雷勒乳酪的名義發誓，射得真準！」

　　公主得救了！不過，功勞不在我……我轉過身，看到一位手握長弓的青年，原來剛才那救命一➤-**箭**→是他射出的！

　　那青年正色說道：

　　「阿麗娜公主，

嘩啊！

你並不缺少聰明和魄力；但是，如往常一樣，你的弱點在於過於急躁！」

芙勒迪娜皇后和菲爾瑪趕忙奔到公主身邊，查看她是否有受傷。皇后感激地對那青年說：「羅倫！我真不知該如何感謝你所做的一切！」

羅倫

身分：他來自一個古老的馴龍世家，肩負着保護阿麗娜公主安全的重任。

性格：他做事果斷，十分自信。他腦中牢記着自己的任務：一定要完成皇后託付他的重任。

愛好：他精通各類武術格鬥，擅長射箭和貴族馴龍表演！他養了一條忠誠的翡翠綠龍。

隨後，皇后正式為我介紹説：「騎士，羅倫是一位勇敢的馴龍員。自阿麗娜還是小女孩時，羅倫就陪伴着她！他會護送你們踏上旅途，是一個不可或缺的好幫手。」

羅倫優雅地向我鞠了一躬，用渾厚的聲音向我問候：「騎士，很榮幸認識你。」

我也向他鞠躬，有些害羞地説：「我和阿麗娜公主會很高興有你在……」

突然，阿麗娜公主打斷了我的話：「媽媽，我早和你説過我不想離開！我要留在這裏，和你並肩戰鬥，**保衛**水晶宮！」

芙勒迪娜皇后回應了，語氣溫柔而堅決地説：「你這次的任務才是非常重要，如果帝國沒有建立在『**善良**』的地基上，和敵軍的戰鬥將毫無意義。而唯一擁有無盡活力、勇氣和決心，能夠帶回古老帝國皇冠的使者……就是你。」

就在此時，兩個士兵奔入花園，氣喘吁吁地匯報：「陛下！隱形軍團已經兵臨城下，即將對我們發動進攻！」

長翅族聯盟

在水晶宮裏，人們顯得恐懼、焦急、驚慌失措……大家最害怕的情況終於來了！

我們紛紛向水晶宮前的高地湧去，從那兒可以俯瞰夢想國的疆界。

芙勒迪娜皇后用水晶望遠鏡觀察起來。當她的視線望向地平線時，發出一聲擔憂的歎息。

她高聲宣布：「他們比我想像的還要近……騎士，你來看看！」

我伸長望遠鏡，害怕得顫抖起來！只見遠處飄來一朵非常巨大的灰塵雲，向水晶宮襲來。

那灰塵中沒有騎兵、沒有步兵、沒有鎧甲、也沒有頭盔，只有無數的武器，如一支支長矛、一把把劍和斧，隨時準備發動猛攻；空氣中蔓延着恐懼的氣氛！

　　我嘀咕說：「皇后陛下，你們該怎樣和這些如此兇猛、如此骯髒，完全隱身的敵人抗衡呢？」

　　芙勒迪娜皇后回答：「幸好，前方的隱形軍團身上發出的臭味，能幫助我們鎖定他們的位置。而且**長翅族盟軍**會助我們一臂之力！我們已經召集了十三個仙女國的同盟國，組成聯盟，來與敵軍抗衡！」

　　聰聰伯評論說：「為了取勝，我們必須團結一致，共同抗敵！」

長翅族

　　長翅族是一個古老的族裔，在夢想國各個部落裏心境最為純淨真誠。他們對世間萬物抱有赤誠的熱愛。他們長着天藍色的皮膚，背上長有一對輕盈的透明翅膀。

揉一揉，聞一聞，
這就是隱形軍團散發的臭味！

這時，又有兩位士兵走上前來，向芙勒迪娜皇后通報：「皇后，**盟軍**已經抵達水晶宮，正在議事大廳等候着！」

我們回到宮中，跟隨皇后進入大廳，我高興又驚訝在盟軍中看到了許多熟悉的面孔。他們之中，大部分都是我的舊相識，與我結下了深厚的**友情**。

🔲 **愛麗絲**，銀龍國的首領（她仍和我記憶中一樣美麗勇敢！）

🔲 火龍國的國王**焦木三世**（他的牙齒這麼尖銳，當年我怎麼沒發現呢！）

🔲 **羅博**國王和他率領的精靈們；

🔲 **蔚藍星**率領的藍色獨角獸族；

🔲 **紅鬍子國王**和紅鼻子矮人族；

請你把書中的夢想帝國鑰匙垂直放在虛線的位置上，你就會發現一個關鍵詞語。隨後，在第313頁填上這個詞語，你就能解讀女皇頒布的詔令了。

☒ **蜘蛛國王十三世** 率領的隱形蜘蛛國；

☒ **梅麗薩** 和香草部落的仙女；

☒ **小眼睛** 率領的藍貂部落；

☒ **水晶矮人族**；

☒ 大巨人**勇敢的心**；

☒ **美人魚族**；

☒ **味噌三世** 國王率領的小精靈；

☒ 最後，不能不提的是，**巧克力皇后** 率領的餅乾小人！

　　他們一個個嚴陣以待，隨時準備衝上沙場，捍衛夢想國！他們的勇氣讓我動容。

「以長翅族聯盟起誓，戰鬥到底！」

　　他們齊聲高呼，舉起手中的長矛、盾牌、弓箭，甚至還有裝滿蘋果的小筐，紅鼻子矮人打算拋射蘋果來當弩炮。

「以長翅族聯盟起誓，戰鬥到底！」

我也隨着大家振臂高呼，心臟激動地劇烈跳動。

「以長翅族聯盟起誓，戰鬥到底！」

阿麗娜公主也高呼着，**驕傲**地揮舞弓箭，隨時準備衝上戰場。

可是，還沒等盟軍來得及走出大廳，和敵人正面作戰，水晶宮突然發出碎裂的聲音。

乒！ 乒！ 氏！ 叮！ 噹！

砰！ 啪！ 咔！ 嚓！

砰！砰！砰！ 嚓！

乒！ 氏！ 叮！ 砰！噹！

那巨響聲來自水晶宮的大門，這時，隱形軍團已將大門撞破，令它粉碎成了千片碎片⋯⋯

咕吱吱，真可怕！

第 84-85 頁答案：帽子位於畫面左下方白老虎「黎明」的爪邊。

仙女國戰士和侍衞高喊道：「隱形軍團已經進入水晶宮！**敵人正發動襲擊**！快快反擊！」

我嚇得全身像篩糠一樣不停地發抖，而站在我身旁的皇后芙勒迪娜皇后卻一臉從容不迫。她已做好準備，和敵人血戰到底。

她真是非常**勇敢**啊！

就在此時，伴隨着一聲轟然巨響，議事大廳的大門也被砸倒了。

一把惱怒的聲音在大廳裏迴響：

隱形攻擊！

各位鼠迷朋友們，也許你們以為那聲音來自於某位憤怒、兇惡又可怕的巨人？

錯了！現實比這更可怕，可怕得多！

那聲音不斷地迴響着……但是大廳入口處空無一人，甚至連一隻**蒼蠅**都看不到！

我哆嗦着問道：「誰……誰在講……講話？」

「是我，你這隻老鼠！」那聲音立刻吼道，「哈哈哈哈哈！」

話音剛落，彷彿變魔術一般，大廳中央突然出現了一個奇醜無比的傢伙！他的輪廓深刻，他的目光猶如閃電般銳利。

他正是隱形軍團中的一員！

瞬間，他和他的同伴們身上的色彩都已褪去，

只剩下一片灰色，宛如一團烏雲。

我只看了他們一眼，心中立刻湧起哀愁和恐懼！

芙勒迪娜皇后提醒我：「隱形軍團的力量極強！他們可以肆意顯出原形，或是消失不見，出其不意攻擊你！」

那灰色身影吼道：「說得沒錯，皇后！以我隱形軍團將軍——**飛踢王**的名義起誓……我們要在此地消滅你們！軍團嘍囉們聽令，開始進攻！」

他揮了揮手，大廳裏冷不防有一大堆面目兇惡的戰士冒出來。

敵軍和他們的首領一樣，都是憑空閃現出來！

盟軍戰士們做好防禦的準備，怎料，隱形軍團正如剛剛憑空閃現一般，突然憑空**消失**了！

我只能見到雙方的武器在空中碰撞，頃刻間火花四濺，發出凌厲的撞擊聲！

以一千塊莫澤雷勒乳酪的名義發誓……我從未見過如此**激烈**的戰鬥！

隱形軍團

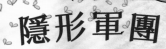

飛踢王
將軍

鬱悶之矛投擲兵

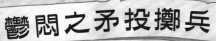

繩網伯上校

苦澀叔上尉

傷心郎中尉

糟糕兄上士

消極仔小兵

哭泣包小兵

攻擊之箭射手

殘暴爺上校

憤怒男上尉

大話精中尉

胖揍叔上士

陰險弟小兵

兜猛仔小兵

阿麗娜公主正準備引弓搭箭，芙勒迪娜皇后制止了她，隨後握住我的手爪。

皇后催促我們：「快走，一刻也不能耽擱了！你們快和羅倫離開這兒，前往**七秘密之島**尋找寶物。要是你們此行失敗，我們最後賦予夢想帝國新**生命**的希望也會破滅！」

我向她許諾：「皇后陛下，我一定會護送阿麗娜公主安全抵達目的地！」

芙勒迪娜皇后說：「希望你們一切順利……我將她託付給你了。阿麗娜有很多優點，但她的性格驕傲急躁！我希望她能從你們的**智慧**中得到啟迪！」

皇后感激地朝我微笑，隨後從衣服掏出一枚**面具**，遞給公主。

請你把書中的夢想帝國鑰匙垂直放在虛線的位置上，你就會發現一個關鍵詞語。隨後，在第313頁填上這個詞語，你就能解讀女皇頒布的詔令了。

她説：「這枚面具和夢想帝國傳説很有淵源，它會幫助你找出正確的路線。你必須一路向東走，等到你們抵達夢想國邊境，你再戴上它，你就會發現珍貴的線索，明白下一步該怎麼走。」

叛逆公主接過面具，在這最後關頭還忍不住抗議：「媽媽，我不想讓你獨自戰鬥，守衛我們的國家！」

芙勒迪娜皇后忍住淚水，叮囑她：

「請你相信我！我的女兒，拜託了。」

阿麗娜公主和芙勒迪娜皇后凝望着對方，她們望向彼此的眼神勝過千言萬語，那眼神只能出自感情深厚真摯的母女。

她們緊緊擁抱，然後公主長歎一聲，説：「好吧，媽媽！我一定會帶上皇冠歸來！」

王國邊境

我們從水晶宮衝出重圍，一路上真是驚險萬分！讓我**恐懼**！

隱形軍團一會兒從我們面前殺出來，一會兒從我們背後竄出來，揮舞着大頭棒和鏽跡斑斑的狼牙棒向我們的腦袋砸來……

幸好，阿麗娜公主和羅倫比我**勇敢**，他們浴血奮戰，牽制住敵人，我們拚命向城堡大門奔去。

我最後一次轉身回望芙勒迪娜皇后和盟軍戰友們，他們都勇敢地捍衛水晶宮，而我衷心希望他們能堅持到我們歸來的那一刻！

請你把書中的夢想帝國鑰匙垂直放在虛線的位置上，你就會發現一個關鍵詞語。隨後，在第313頁填上這個詞語，你就能解讀女皇頒布的詔令了。

我們騎在白老虎黎明的背上，以加快速度前進，儘管牠的尖牙一直讓我心有餘悸……

這隻大貓的行動真是敏捷又輕盈！

阿麗娜公主因為沒能和好友菲爾瑪告別，一直悶悶不樂。在一片混亂中，這位小侍女不知身在何處。

我們剛出宮殿，羅倫隨即吹起響亮的口哨，很快我聽見空中傳來撲騰翅膀的聲音。我抬起頭，只見太陽被一個巨大的黑影擋住了，宛如日食時的景象；緊接着空中傳來一聲響徹天地的大吼……

嗷嗷嗷嗷嗷嗷嗷嗷！

一條巨龍從高處俯衝下來。與巨龍那霸氣的怒吼聲相比，白老虎黎明的吼聲簡直就像小貓撒嬌的

「喵喵」聲！

羅倫溫柔地撫摸着巨龍，那巨龍垂下頭，向主人表達敬意。巨龍的全身布滿了翠綠色的鱗片，宛如寶石般閃閃發光。

他就是一直陪伴羅倫的**翡翠綠龍**！

馴龍員和巨龍對話的語氣十分尊敬，彷彿巨龍是世間最雄偉的生物，說：「謝謝你響應我的召喚，**納瑞克**。如果你願意陪我加入這次冒險，請護送我們一路向東，飛往夢想國邊境！」

巨龍點點頭，邀請我和羅倫爬上龍背。我剛抓牢巨龍的鱗片，牠就……「嗖！」

巨龍像火箭一樣直升雲霄。

「你一定要抓緊啊！」羅倫囑咐我。這還用他提醒嗎?!我眼睜睜看着公主和白老虎黎明的身影，在地面上變得越來越小。

我不好意思地請求說：「我能不能和他們一起走啊？也許你們不知道，我有**畏高症**！」

羅倫平靜地回答：「騎士，你若真的掉下去，也不必擔心，納瑞克會在空中接住你的！牠精通各類俯衝滑行，以及空中三周旋轉！你等着瞧吧！」

以一千塊莫澤雷勒乳酪的名義發誓，我希望自己永遠沒機會見識這條巨龍的飛行特技！

我們從高處目睹了隱形軍團對環境的大肆**破壞**。在夢想國裏，四周高大的樹木、美麗的花朵和鬱鬱葱葱的草地，在他們所經之處全都化為烏有！

毫無疑問，隱形軍團正妄圖毀滅帝國最後一片倖存的領土，將它變得**荒涼**、**灰暗**，變得和他們的心靈一樣悲哀、貧瘠。而我們絕不會讓他們得逞！

羅倫命令納瑞克加快速度，黎明毫不費力地跟着他。這隻猛虎奔跑起來快如閃電，有幾次他甚至**超過**了巨龍！

我們全速前進，太陽光線在我們頭頂上移動，宛如鐘擺一樣提醒着我們時間的流逝。

　　我們經過山谷、草地、森林和平原，終於在日落時分，我們看到天空變為彩虹色。

　　我們終於抵達了夢想國邊境！

　　阿麗娜公主指着遠方的一個小點，高聲宣布：「我們到了！」

　　我不禁發出了一聲深沉的歎息，百感交集，心情既焦急、緊張又充滿希望——我們即將開展七秘密之島的冒險旅程！

展開

七秘密之島的冒險旅程

只有善於發現的眼睛，
才能發現隱藏的秘密

夢想國的疆界就在我們的面前，充滿了無限可能……可是，我們卻毫無頭緒，不知該往何處去！

納瑞克在一處荒原上着陸了，落在黎明身旁。

阿麗娜公主建議：「也許我該帶上仙女面具碰碰運氣，也許會找到一些線索！」

於是，公主掏出長翅族面具，戴上它。

她往前看，

我緊張得一顆心怦怦直跳，焦急等待着……

而阿麗娜公主仍是一言不發！

只見公主爬上大樹，俯瞰四周，她的視線越過層層**樹葉**、開始檢查地平線，就連地上的一塊石頭也不放過，卻一無所獲！

公主失望透頂地說：「這什麼也沒有，**一無所有！**」

隨後，她從樹上爬下來，摘下面具。

什麼都看不到！

這下慘了！我們下一步該怎麼走？

在旁觀察的羅倫清清嗓子説：「公主，只有善於發現的眼睛，才能發現隱藏的秘密……請你耐心一點。來做個深呼吸吧，就像我們在水晶宮冥想練習時那樣，你還記得嗎？只要仔細觀察，線索就會如魔法般顯現。」

阿麗娜反駁説：「怎麼可能忘記呢？那練習簡直枯燥透頂！羅倫又要開始教導我啦！騎士，你會習慣這一切的。只希望羅倫不要在整個旅程都這樣嘮叨！」

噢噢噢！他倆的鬥嘴讓氣氛瞬間變得冰冷起來！

羅倫沉靜地説：「你若是把和我鬥嘴的精力用在其他地方，難道對大家不是更好嗎？」

請你把書中的夢想帝國鑰匙垂直放在虛線的位置上，你就會發現一個關鍵詞語。隨後，在第313頁填上這個詞語，你就能解讀女皇頒布的詔令了。

阿麗娜公主不耐煩地嚷嚷：「你這樣說得頭頭是道，該不會是吃早餐時把整本**書**吞到肚子裏了吧？」

隨後，她轉向我尋求同盟：「哎，騎士！你聽到羅倫的長篇大論了嗎？」

呃，事實上羅倫的話十分理智，看得出他是一個做事**深思熟慮**的小伙子。他倆的個性真是截然相反！

公主雖然嘴上嘟嚷着，卻乖乖再次戴上面具，做起了深呼吸。她一邊四處張望，一邊說：「呃，我還是什麼都看不……」

突然，她尖叫起來：「在那兒，在下面！我看到路上有一條金色蹤跡……似乎面具在展示我們前進的道路。快，我們走！」

我們跟隨阿麗娜公主的腳步前進。我們都信任她的選擇，畢竟只有她能看到這一切。沒走幾步，突然一條**金色小徑**出現在我們面前……

羅倫口中唸唸有詞：「你必須穿過崎嶇小徑，唯有長翅仙人族的面具，能讓它顯出原形！」

107

　　他告訴我們：「我們已經踏上了夢想帝國傳說中提到的小徑，正是那面具向阿麗娜公主揭示的道路。」

　　「我早就知道，」阿麗娜公主噗嗤一笑。「加油，我們走吧！」

　　不一會兒，她停下腳步，興奮地說：「我又有了新發現……」

　　公主鑽到**灌木叢**後面，在地上摸到一件我們

一把鑰匙！

看不見的隱形物體。

突然，她的手指間顯現出一把巨大的鐵**鑰匙**，那鑰匙外型十分奇特。

我們仔細端詳着，那鑰匙可真古怪。

「天知道它能打開什麼！」我嘀咕道。

我們注意到那鑰匙把手的設計酷似一張**蜘蛛網**。

阿麗娜公主望了眼羅倫，有些不好意思地說：「呃……我必須承認有時候你說得有道理……只要仔細觀察，面具不僅為我指明了道路，還讓我發現一個新線索！」

羅倫微微一笑，我欣慰地歎了一口氣。若想查出鑰匙的用途，我們需要毫不猶豫繼續前進……

公主引領我們沿着金色小徑前進，那小徑逐漸 **上升** 又 **上升**，穿過樹林，我們四周的樹葉變得越發濃密，形成了一張密不透風的樹冠層……

109

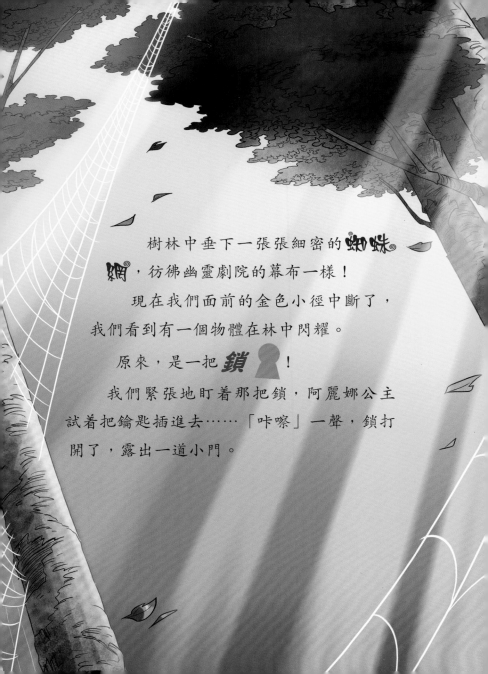

　　樹林中垂下一張張細密的**蜘蛛網**，彷彿幽靈劇院的幕布一樣！

　　現在我們面前的金色小徑中斷了，我們看到有一個物體在林中閃耀。

　　原來，是一把**鎖**！

　　我們緊張地盯着那把鎖，阿麗娜公主試着把鑰匙插進去……「咔嚓」一聲，鎖打開了，露出一道小門。

藝境大師

　　親愛的朋友們，我有沒有跟你們說過我討厭「嗡嗡」叫的黃蜂、惡毒的蠍子，還有「嗦嗦」吐信子的毒蛇？呃……其實**蜘蛛**也讓我畏懼！我仔細觀察這些蜘蛛網……我猜那蜘蛛的體形一定是很**非常龐大、肥胖的**和**毛茸茸的**！

　　阿麗娜公主徐徐拉開弓，安慰我：「別擔心，我會保護你們！」儘管她表現得十分自信，我發現她的手在不停顫抖……

　　我們鑽進了一個**極大**的房間，這兒的地板、牆壁和天花板都是由交錯縱橫的樹枝組成，房間裏有各種由精美絲綢織成的**掛毯**裝飾……那工藝真是巧奪天工！

　　這些作品的創作者，一定是一位偉大的藝術家！

在房間內，四周掛滿了很多畫作，包括各類仕女圖、風景畫和日常生活場景的畫；而上面的人物都是……咦咦咦？！我仔細觀察才發現，所有掛毯上描繪的主角都是……**蜘蛛**，**蜘蛛**，還是**蜘蛛**！

在其中一幅畫中，蜘蛛仕女身穿典雅服飾，另一副畫中的蜘蛛在草地上散步，房間裏掛着各類蜘蛛祖先的畫像……這些畫皆由蜘蛛絲紡織而成的！

就在此時，我們聽見從房間的盡頭傳來了奇怪的**聲響**，那聲音來自窗簾（顯然也是由蜘蛛織成！）後面。「咔嚓咔嚓！」「噠噠噠噠！」「篤篤篤篤！」以一千塊莫澤雷勒乳酪的名義發誓，似乎有誰在**裁剪**東西！

公主在前面開路，對我們低聲説：「跟我來！」

我們掀開窗簾……眼前的一幕，把我嚇得魂飛魄散！

只見有一隻非常龐大、毛茸茸的黑色巨型蜘蛛正瞪着**巨大的眼睛**，從高處盯着我們。

他高興地說：「今天運氣不錯！可以換換口味！比起平常的蒼蠅正餐，今天我可以享用一條龍、一隻虎、一位仙女、一位騎士和一隻老鼠！」

他的一隻毛腿握着一大卷**針線**，另一隻毛腿則握着一把尖利的**剪刀**。原來，剛才的「咔嚓」聲就是從剪刀發出的……看來那些精美**掛毯**應該是他的作品！

那蜘蛛盯着我們的目光，突然變得兇狠。因為他發現了我們進入房間時，勾壞了他掛在那兒的一幅精美畫毯！看來他不會放過我們了……

如同所有偉大的藝術家一樣，這一位的性格看來並不容易打交道……

我笨拙地試圖修補那幅**勾壞了的畫毯**，手忙腳亂地將絲線放回到原來位置。

「修好了！」我道歉說，「很抱歉，我們剛剛不小心碰到了你的大作，蜘蛛先生！」

那蜘蛛看了一眼我修補後亂七八糟的畫毯，變得越發憤怒了！

他用冰冷的聲音回答：「你這樣做根本無濟於事！你破壞了我的大作！

你們要為此付出代價！」

白老虎黎明對着他發出不滿的咆哮，阿麗娜公主隨即用手摸摸牠的頭，輕聲說：「別這樣，黎明……」

隨後，公主對蜘蛛說：「我們並非有意打擾你，這兒是我們完成**任務**的必經之路，而這任務非常、非常重要。請問我們可以離開嗎？」

真糟糕！

那蜘蛛用充滿威嚇的「咔嚓」聲來回應我們。他回答：「首先，我才不叫什麼『蜘蛛先生』，我是紡織大師——『**藝境大師**』，我曾在布滿灰塵的閣樓鑽研，也曾在廢棄的水管內徹夜工作！你們闖了禍還想溜之大吉，難道你以為我是吃素的嗎？你們的下場，將會和那角落蛛網中裹着的傢伙一樣！」

咕吱吱！天知道那網中裹着的是什麼……只要想一想，我就會害怕得嘩嘩大哭！

阿麗娜公主沉思片刻，掏出了**長翅族面具**，解釋說：「這是我們這次任務的信物，來自我的母親——仙女國芙勒迪娜皇后。如果我們無法完成任務，那些殘暴的軍隊就會**摧毀**我們的世界！」

那蜘蛛伸出長長的手爪揉揉頭，沉思良久，作出了決定，說：「既然如此，我就給你們一個機會。如果你們能編織出一幅我喜歡的掛毯作品，我就會放你們走……」

他繼續補充道：「否則……

我就吃掉你們！」

呃，現在似乎……我們別無選擇！

那巨型蜘蛛在扶手椅上坐下來，靜待我們的編織作品。

要想從他的巨爪中逃脫……我們就必須完成一幅**美妙絕倫的大作**！

我就給你們一個機會！

完美掛毯

我們可真命苦！為了通過這道難關，我們必須完成一件似模似樣的作品！

羅倫試圖給我們打氣，他提議：「阿麗娜公主，你是一個**藝術家**！我相信你一定能織出一幅漂亮的掛毯！」

「我懂得如何用畫筆調配色彩，但是我對針線工藝一無所知！」阿麗娜公主回答，「每次要上**縫紉課**時，我都溜出水晶宮外射箭去了！如果菲爾瑪在就好了，她精通針黹。當時我連和她道別的機會都沒有……」她憂傷地說。

那蜘蛛不耐煩地搓着手爪，哼哼說：「所以呢？你們就打算在這兒嘮叨打發時間？我的蜘蛛絲是無限的，可是我的**耐性**是有限的！」

他饒有興致地盯着我看，那眼神看得我頭皮發麻。

「從你開始，**可惡的老鼠！**」他說道，「等你把這身厚厚的制服脫了，我敢打賭你的味道和蒼蠅慕斯一樣好！」

那蜘蛛一邊說，一邊從嘴裏噴出一條黏黏的、綠色的、十分噁心的**絲線**……

我被他嚇得驚恐地向後退了一步……

……結果 **絆 倒**

在藝境大師剛剛吐出的、用來織掛毯的一大團絲線上！

救命啊！

那絲線纏住我的一隻腳⋯⋯

我試圖從線團中掙脫出來，卻越弄越亂，越弄越⋯⋯

我伸手想將絲線從背上扯下來，但是那些充滿黏性的絲線把我全身上下纏得緊緊的，簡直是

一團糟⋯⋯一團糟⋯⋯一團糟⋯⋯一團糟⋯⋯

唉喲⋯⋯

　　我像一個裝滿馬鈴薯的大麻包袋般倒在地上打滾，全身被蜘蛛的絲線團團裹住……裹住……裹住……裹住……裹住……裹住……裹住……裹住……

　　我拚命地掙扎，用力扭動身體……

　　我探出頭來，隨後用力一跳……

　　那**蜘蛛**從扶手椅上跳起來，直愣愣地盯着我。

唉喲……

我準備任憑他的處置，突然間他……竟然哭得一把鼻涕，一把眼淚！

「嗚嗚嗚嗚嗚嗚……」他不住地啜泣。

以一千塊莫澤雷勒乳酪的名義發誓！也許是我的作品實在太糟糕，居然把他嚇到**哭**了？

我太感動了！

隨後，我聽到一陣「嘩嘩嘩」的驚歎聲。

阿麗娜公主開口說：「原來你不只是正直無畏的騎士，還是一位品味超羣的藝術家！」

藝境大師一邊哭，一邊點頭感歎說：「這一件作品……嗚嗚……是我畢生所見最偉大的傑作！我早就希望擁有這樣的作品，意念創新獨特！我太感動了！」

以一千塊莫澤雷勒乳酪的名義發誓……我本以為自己弄得一塌糊塗……沒想到居然歪打正着！

我害羞得滿臉通紅，回答說：「藝境大師，謝謝你的讚美……其實只是我運氣好……」

公主插嘴說：「我們從心底裏感謝你，藝境大師，現在我們必須離開了！」

「啊，那是當然！」那蜘蛛仍沉浸在我的作品中，說：「感謝你們為我留下這一幅無價之寶！」

他掀開一幅掛毯，露出一個小門，金色小徑從那道門繼續延伸。

正當我們要穿過那扇門時，一把被悶着的聲音叫喚起來：「哎哎哎！你們別走啊！別把我留在這兒，求求你們！救救我！」

呼喊聲來自房間角落蛛網中裹着的，繭內的傢伙正拼命吸引我們的注意力！

「我們不能把一個手無寸鐵的傢伙留在這兒！」阿麗娜公主一邊說，一邊拉弓引箭。

「手無寸鐵？！」蜘蛛怒氣沖沖地說，「這個偷

看我的！

偷摸摸的小傢伙剛才試圖把我的掛毯帶走！你們快把她**帶走**，算幫我一個忙！這周接下來幾天，我還是繼續吃蒼蠅好了！」

阿麗娜公主就是在等着這句話！她「嗖」地射出一➤-**箭**➤，射中吊着那個繭的蜘蛛絲。

蜘蛛絲繭的底部裂開了，一隻……小狐狸從裏面蹦出來！

「啊哈，我總算自由啦！」她高聲嚷嚷。

我總算自由了！

她睜着一雙滴溜溜的大眼睛盯住阿麗娜公主，說道：「我認得你，你是阿麗娜公主！我名叫『愛財娃』，大家都說我是個『愛財如命的小狐狸』，我也不知道他們為何這樣說我！對了，你們身上有沒有銅板啊？」

　　阿麗娜公主笑起來，禮貌地說：「我們將要前往之地，並不需要錢，只需要帶上純潔的心靈和勇氣！」

　　我謹慎地提醒大家：「趁那隻大蜘蛛還沒改變主意，現在我們必須儘快離開這兒！」

　　於是，我們和新旅伴沿着金色小徑繼續探索。

一個知己……抵得上千金？

　　金色小徑沿着茂密的樹叢向上延伸，向上向上再向上。

　　斑斕的夕陽光芒時不時從樹叢中透出來，提醒着我們尋找七秘密之島的**時間**已經不多了。天知道我們還要再走多少路！天知道芙勒迪娜皇后和長翅族盟友是否還抵擋得住敵人的強攻！

　　我正沉浸在思索中，**愛財娃**在一旁打開了話匣子：「若是你們不嫌棄，我很樂意與你們同行！我剛才聽到了你們和大蜘蛛的對話，看來你們肩負着重要任務。而我有幾件好貨可以賣給你們，保證你們在旅途上用得着！比如塗在龍**鱗片**上的亮光乳霜？或者刷騎士靴的刷子？還有白老虎專用的除跳蚤粉？」

愛財娃
貪財的小狐狸

身分：夢想國最精明的小狐狸。

性格：她十分健談，很喜歡做買賣，到處尋找賺錢的商機……在你眼中的一塊沒價值的石頭，在她眼中也許是一塊外型奇特的寶石；在你眼中一塊普通的生鏽鐵，在她眼中卻是一件價值連城的古董！

愛好：她最大的樂趣就是賺錢，哪怕她隨身的小袋裏已經裝滿了金塊！儘管如此，她是一個好心腸的小丫頭，待人熱情大方……

　　她一邊說，一邊伸手爪去摸黎明，顯然這不是一個好主意，白老虎黎明差點**咬掉**了她的手！

　　「牠的名字叫『黎明』！」阿麗娜公主向她介紹。

　　愛財娃往後一躍，嚷嚷說：「呃，那個除跳蚤粉還是下次再試用吧！對了，如果你們改變主意的話，可以隨時通過這張**名片**聯繫我！」

愛財娃
銷售各類稀有獨特產品

你需要修指甲的銼刀嗎？
最時髦的洞洞襪？
還有女巫專用除鏽膏？

我這裏應有盡有！

夢想國境內下單全部包郵（此價格優惠不包括女巫國和怪獸國，因前往這兩國的快遞員時常被變成癩蛤蟆，或者成為塞牙縫的點心！）

　　阿麗娜公主接過名片，讀後驚訝地望着小狐狸，眼中閃爍着好奇：「你一定經常旅行吧！啊，你多幸運啊！我一直渴望四出探索，遊遍整個夢想國！你曾去過哪些地方呢？」

　　愛財娃自豪地将了将她那毛茸茸的紅色長尾巴，回答：「我去過很多地方，公主殿下！

要想做好生意，就必須要多旅行！」

　　小狐狸進一步解釋説：「我並非自吹自擂，我的的確確遊歷了夢想國各地，和夢想國各個種族都打過交道，包括：仙女、巨龍、矮人和精靈，而且，最後他們都對我讚不絕口！比如，我曾經進入食肉魔部落，在那兒賣出很多紫羅蘭香皂。然後，我來到火龍國，賣出不少冰棒。隨後，我登上尖峯山，在那兒兜售製冷劑！最後，我來到女巫國，向女巫們銷售美顏面霜！」

來吧，試試這個！

以一千塊莫澤雷勒乳酪的名義發誓，這小狐狸真會做買賣啊！

她居然成功地把香皂賣給夢想國最不注意衛生的生物！還把冰棒推銷給最討厭吃冰的部落！

這冰棒會讓你口氣保持清新

而且，更把製冷劑銷售到夢想國境內最嚴寒之地！

她居然還能把美顏面霜賣給一羣以醜為美的女巫……

「不過……」她補充說道：「生意其實並不好做……你們能借我一點錢周轉嗎？」

效果立竿見影！

美容效果很顯著！

這隻小狐狸臉皮倒挺厚，不過若是我能幫她一把，我也很樂意！

於是，我把手伸進身上衣服的口袋，摸了半天，只摸出這些東西：

⊠ 一個晾曬衣服用的**夾子**，

⊠ 一張**糖紙**，

⊠ 一塊**發霉的乳酪餅乾**。

我嘀咕說：「我很抱歉！我的手頭也不充裕！」

愛財娃彎下腰，撿起從我口袋裏掉出來的乳酪餅乾。

「嘖嘖嘖，這塊餅乾看樣子也放了十年……也許味道還不錯！你若是不要，就給我吧！」

當她正彎腰撿餅乾時，竟然有一塊碩大的、**閃閃發亮的金塊**從她腰間的小袋裏掉出來！

「唉喲！」她的臉漲得通紅，尷尬地掩飾說。

「這東西從哪兒冒出來的？」

　　我、阿麗娜公主、羅倫、白老虎黎明和巨龍納瑞克互相交換了困惑的眼神……

　　我們能夠**信任**這一位剛加入的新旅伴嗎？也許，還是小心為上。

　　我們繼續向前進，圍繞我們的樹叢變得稀疏，逐漸消失了。那條金色小徑徑直向天空上升，攀上一座**陡峭多石的高山**。

唉喲！

老鼠，你完蛋了！

　　我們越升越高，柔軟的**雲朵**在我們四周繚繞。我俯瞰山下，只見樹木宛如小草般細小，銀色的河流如水筆般在大地上淌出痕跡。我在空中緊緊抓住龍背飛行，而**阿麗娜公主**則騎在白老虎**黎明**背上，在我們下方奔馳。

阿麗娜公主真幸運，不像我有畏高症。她似乎很享受在**金色小徑**上狂奔的感覺！

羅倫從翡翠綠龍背上俯身提醒公主：「別得意忘形啊！危險總是在你忽視的時候來臨！」

聽罷，公主高聲吆喝黎明跑得更**快速**，她大叫道：「喲呵！放鬆心情享受美景吧！別再嘮叨了！」

羅倫做了一個鬼臉，隨後我聽到他吩咐納瑞克**加快速度飛行**。

哎！為什麼這兩個人就不能好好坐下來吃個茶點，解決分歧呢？還有，為什麼芙勒迪娜皇后不能給我分配一位性格安靜、慢吞吞的樹懶型旅伴，偏偏配給我一條巨龍當坐騎呢？

金色小徑忽然分岔成為兩條路，一條路上布滿了**帶刺的荊棘叢**，另一條則筆直平坦，依山而行。

愛財娃評論説：「我精準的嗅覺告訴我，應該朝那**方向**走！」她指了指那條沒有荊棘的道路。

羅倫反駁説：「我希望你猜得對……但是最容易走的道路，往往並非正確的道路！只有一種方式能夠查明答案，我們需要阿麗娜公主的帶領，也許她戴上面具後，能觀察到一些有用的線索！」

阿麗娜公主等我們降落後，戴上芙勒迪娜皇后送給她的面具，開始審視四周的環境。

過了一會兒，她宣布說：「我發現了一把鑰匙……藏在荊棘叢中！羅倫，請你遞給我一根棍子！」

馴龍員小伙子向她擲去一根木棍。她跳起來抓住那棍子，毫不遲疑地踏進多刺的荊棘叢中，揮舞着棍子開路。

「看，這裏還有一把**鑰匙**和一把鎖！幸運的是，這次鑰匙上的圖案並不是蜘蛛網……」

「太好了！」我歡呼起來。

「……而是一條**毒蛇**！」阿麗娜公主總結道。

「什……什麼？」我嚇得全身發抖，這可不是什麼好預兆！！！

我們沿着公主在灌木叢中開闢的道路前進，一塊巨石攔住了山谷的道路，那巨石上有一個鎖孔。

阿麗娜公主把鑰匙插進了**鎖孔**，巨石隨即緩緩移動起來，一個可怕的秘密就在我們面前。我們終於發現了……看見了……親眼目睹了……

一個大怪物，

與其說他巨大，不對，應該説是超級龐大！

這條巨蛇又長又滑，簡直比靈夢還可怕。她的身體盤纏起來可以絞殺十頭兇猛的怪獸，身上的鱗片宛如盾牌般堅硬，最恐怖的是……
這條龐大的毒蛇竟長着

三個頭！！！

只見金色小徑就在巨蛇的肚皮下。若想繼續旅程，我們別無選擇，只得**面對這條巨蛇！**

我們躡手躡腳地繞着巨蛇行走，不想吸引他的注意，可是巨蛇的第一個頭很快發現了我們！

「姊妹們，姊妹們！」那蛇頭嘶嘶叫起來。

第二個蛇頭睜着金子般黃燦燦的大**眼睛**叫起來：「嘶，真幸運！今天我們又有老鼠吃了！」

第三個蛇頭揚起來接着說：「嘶嘶，今天晚上我要先品嘗！昨天你把鼠肉餅吃得精光！你還是如以往一樣，不懂得分享！」

鼠肉餅？！我的命真苦啊！

阿麗娜公主毫不畏懼地對巨蛇說：「我知道此刻你們很想把我們吞下肚，但是我們必須通過你們的巢穴，才能趕快完成復興整個夢想帝國的重任！」

第三個蛇頭對另外兩個說：「這姑娘的臉皮真厚……蛇嘶嘶，蛇嗚嗚，姊姊們怎麼想？我們要放他們過去嗎？」

毒蛇的韻律？

三個蛇頭狂笑起來，隨後蛇嗚嗚說：「照我看啊，扭扭妹，他們若想過此路，就必須通過嘶嘶姊姊的**考驗**！」

蛇扭扭向我們解釋說：「好主意！我們的姊姊蛇嘶嘶只愛說 S 聲母開頭的單詞！你若是能作一首**詩**，每個字都以 S 聲母開頭就再好不過啦！」

蛇嘶嘶附和說：「嘶嘶，速速說首詩嘶嘶嘶嘶！」

我必須以毒蛇的韻律作詩？我的命真苦啊！

而且，我必須出口成章，連可以參閱的詞典都沒有……這也太難了！

阿麗娜公主擔心地望着我：「加油啊，騎士！」

147

我可不想讓她失望，於是我開

動腦筋，嘗試吟詩一首⋯⋯

「三蛇上深山，

嘶嘶睡松樹。

碩鼠守樹梢，

窣窣食熟薯。」

這首詩實在太爛了！

我感覺好奇怪啊！

蛇嘶嘶怒氣沖沖地吼道：「嘶嘶碩鼠，

速速受死嘶嘶！」

我趕忙說：「等等！我還可以做

得更好！請讓我再嘗試一次！」

我深深吸了一口氣，又編出一首詩：

「碩鼠嗖嗖閃，

伸手送壽司。

三蛇嚟嚟嚟，

說說有何事？」

蛇鳴鳴點點頭：「不錯，這首詩倒不賴！」

蛇嘶嘶讚許地說：「嘶嘶嘶，壽司壽司！嘶嘶嘶！」

蛇扭扭宣布：「好吧，我們決定了，可以放你們離開！」

我簡直不敢相信，**我居然成功了！**

我們一陣狂喜，阿麗娜公主和羅倫興奮地擁抱在一起！不過，很快，他們就尷尬地分開了！

太好了！

149

不一樣的飛行旅程！

當我們離開蛇嘶嘶、蛇鳴鳴和蛇扭扭的巢穴時，已經是日落西山了。通往七秘密之島的小徑從高山蜿蜒而下，我們走過長長的一段路後，開始下山的旅程。

阿麗娜公主騎着白老虎黎明在地上奔馳，而我、羅倫和小狐狸愛財娃

則在空中與他們同步前進。微風輕撫我的毛皮，有一瞬間我完全把自己的畏高症拋到了腦後，堅信巨龍納瑞克會載着我們平安飛行，牠輕盈地起起伏伏……閃亮的翅膀輕輕搖晃……好像搖晃得過頭了……也許牠應該飛慢些……還應該再飛低一點……我感覺自己置身於遊樂場中高低起伏的滑車道！

救命啊！

你們要抓緊啊！

你能找出圖中的巨龍身上有什麼奇怪之處嗎？

答案參見第152頁。

「救命啊啊啊啊！」我充滿恐懼地嚷嚷，緊緊摟着羅倫的背。

為什麼納瑞克的飛行開始變得忽上忽下、忽左忽右、忽前忽後？

我終於反應過來，原來有什麼東西在**咬**巨龍的尾巴，而巨龍正試圖甩掉她！

我們急忙查看是誰在作怪，大家這才震驚地發現，原來是一隻**烏龜**正緊緊咬着納瑞克的尾巴！

羅倫試圖安撫巨龍：「我的朋友，我會幫你把她弄下來！騎士，現在你來掌方向，我去弄清發生了什麼事！」

我嘟嚷着說：「我……我？我可做不到啊！」

羅倫向這條正在**發怒**的巨龍尾巴部分爬去，而我則負責控制方向。然後，他向烏龜伸出手，一把將她拉到了龍背上。

隨後，我們向阿麗娜公主和黎明所在的位置俯衝下去，大家都想弄清楚，這個不速之客究竟是誰。

第 150-151 頁答案：有一隻烏龜正咬着巨龍的尾巴。

我們在小徑旁的林中空地着陸了。那烏龜慢悠悠地爬下龍背，咳了一聲，說道：「不好意思，勞駕你們載了我**一程**！」

納瑞克「哼唧」一聲，作為回應，牠的尾巴**腫**得像個風笛！

「雖然四輪馬車乘坐起來肯定更舒服。」烏龜繼續說：「不過，能載我們抵達重要目的地的，往往並非金色馬車，而是顛簸的驢背！」

「**智者之言**。」羅倫讚許地說，他總算遇到了一個同道中人。

納瑞克生氣地哼唧着，羅倫和牠解釋說：「那烏龜的意思是，通往重要目的地的旅途往往艱辛。」

公主詢問：「你究竟是誰？最重要的是，你為何要叼住巨龍的尾巴？」

那烏龜歎了口氣說：「我在你們溜出那毒蛇窩時，偷偷銜住了龍尾！你們是我逃離那可怕之地的唯一**希望**！我本想回到自己的別墅，可是迷了路……闖入了蛇窩！」

一千塊莫澤雷勒乳酪的名義發誓！現在我想起來了，當時我在巨蛇窩中吃剩的一堆**白骨**中，依稀看到過一個龜殼！

皺皺嬸・魯吉吉

身分：她是夢想國最為古老的生物。她的龜殼由很多小抽屜組成，每個抽屜格裏都放着一些重要的物品，甚至她的青春和回憶也在其中。她無論白天還是黑夜都帶着一對碩大的耳環，而且從不摘下來的！

性格：她樂於幫助他人，勇於指責蠻橫無理之人。她處變不驚，即使是最勇猛之人，危機時刻也常常渴望她充滿智慧的建議！

愛好：她喜歡在月光下歌唱！

那烏龜繼續説：「那蛇窩環境兇險，絕非久留之地！對了，我名叫**皺皺嬸‧魯吉吉**，是古老的鑽石殼王朝伯爵夫人。」

「我十分榮幸認識你！」我彎腰向她鞠躬。

「請問**諸位**要去哪裏？」皺皺嬸詢問我們。

羅倫禮貌地對她説：「我們正前往七秘密之島，為了復興古老的夢想帝國！如果你願意加入我們，我們將十分歡迎。有句話説得好，

生命就是一次旅程，而喜歡旅行的人，就如同活了兩遍人生！

阿麗娜公主向我使使眼色：「哈哈，羅倫和皺皺嬸真是志同道合啊！」

皺皺嬸歎了口氣：「請允許我先收拾一下，自從在龍背上顛簸一路後，感到渾身痠痛！」

她摸摸佩戴着的一對**金色耳環**，説道：「這對耳環充滿了珍貴的回憶，是我的好朋友——龜萬年男爵贈給我的。我從不摘下它們……」

她低聲回憶：「我們曾是一對非凡的**歌唱**搭檔！」

皺皺嬸從龜殼的一個抽屜裏抽出一張**照片**，照片中的她正和一位外形儒雅的龜先生投入地歌唱，看上去他倆十分有默契！

「總而言之，」她下結論說，「我不化好妝就絕對不會出行……找到啦！」

她掏出一面小鏡子、一盒蜜粉，還有一支**口紅**，開始悉心裝扮起來。

「騎士，你要不要也抹點粉？」她問我。

「我的臉色已經夠蒼白啦！」我聳聳肩，解釋說：「當我騎在龍背上，畏高症就會發作！」

皺皺嬸同情地望着我說：「噢，你真是個脆弱的小傢伙，就像所有的貴族一樣！我記得龜仙伯爵夫人的臉色總像**幽靈**一樣蒼白！」

　　皺皺嬸一路上向我們描述了其烏龜女貴族的傳奇生涯，不知不覺，太陽落下地平線。如今已經是**第三天**的黃昏了，我們還剩下兩天時間抵達目的地。

　　「我們必須快跑、快跳，越快越好！」愛財娃催促說，「時間就是金錢！」

　　但是大家都已經疲憊不堪，我們需要**休息**。

　　我們在樹蔭下準備過夜的軟鋪，又升起熊熊篝火。

　　阿麗娜公主躺在黎明身旁，黎明發出滿足的呼嚕聲。愛財娃則絮絮叨叨地講述她在旅行中所見所聞。漸漸，公主聽得昏昏欲睡，而黎明甚至打起了呼嚕……

　　我坐在羅倫和皺皺嬸身旁，試圖烤熟我們撿到的野栗子當晚餐吃。

　　「年輕人，顯而易見。」皺皺嬸經驗豐富地下結論說，「哪怕是一個木頭，也能看出你和公主之間的**微妙**情愫。」

聽罷，羅倫的臉漲得通紅，比火苗更紅。

「既然如此，」我補充説，「請允許我問你個問題，你為何總是對阿麗娜公主如此嚴厲呢？」

羅倫思索片刻，輕聲説：「我的任務是**保護**阿麗娜公主……我必須努力表現，才能配得上皇后對我的信任！」

我建議説：「也許你也可以流露出一些內心的**情感**……」

「每個果實，都有屬於自己收穫的季節！」皺皺嬸説，「枇杷果不會和柿子一起落下來！」

我和羅倫有些困惑地面面相覷，嘗試理解這話語中的含義。我們必須承認，她的**格言**可真高深，看來皺皺嬸果然思想超羣！

不久，我們伴着落日的餘暉逐漸入睡，哪怕前方的旅途充滿陷阱，**大自然**總能撫慰我們的心靈！

沼澤巨怪

當我睜開雙眼，太陽已高高掛在天空了。我們前一天晚上筋疲力盡，所以大家都睡過了頭！

「晚起的鳥兒沒蟲吃。」皺皺孀叫喚我起牀，一邊津津有味地咀嚼着一團草，「你想嘗嘗嗎？」

我禮貌地拒絕：「啊⋯⋯不用了，謝謝！我早餐時從不吃蔬菜沙律。我們最好立刻出發！」

我們充滿活力地重新踏上旅程。這天只有納瑞克在高空飛行，因為羅倫拜託巨龍負責先行巡查整個區域。

我們沿着金色小徑前行，翻過了一座小山⋯⋯原本天氣晴朗，陽光温暖，但是，走着走着，空氣變得越加悶熱潮濕，我們熱得感覺在蒸桑拿！

只見金色小徑沿着**沼澤**池塘兩岸向前延伸。阿麗娜公主戴上長翅族面具，在一棵空心樹樹幹裏找到了一把隱形鑰匙。這一次，鑰匙上雕着**火焰**圖案。

「怎麼會有火？」我不解地問，「這裏到處只有水！」

「這裏有一把**鎖**！」阿麗娜公主在一棵樹上發現了一扇隱藏的小門。她將鑰匙插進鎖孔，突然，圍繞在我們四周的植物宛如布幕般，緩緩移走了⋯⋯可是，眼前的景觀讓我感覺糟糕，甚至可以說，讓我**恐懼**得汗毛直豎！

突然，一個巨大的黑影籠罩着我們，那黑影十分巨大、不懷好意，向我們伸出恐怖的爪牙！

163

一把聲音怒吼道：

「還不快走，
趁你們還來得及！」

那聲音深不可測，宛如從
深谷、裂縫和深淵中發出。

咕吱吱，真可怕！

「你能大聲一點嗎，我
聽不見你的話！我的聽力不
太好！」皺皺孀回答。

那黑影愣了片刻，隨後生氣地叫道：

「什麼什麼麼麼麼麼？」

那聲音不斷迴蕩，宛如從深谷瀑布中發出的。

「你們好大的膽子，居然敢挑釁我沼澤巨怪？」

阿麗娜公主鎮定地 *(多麼勇敢的公主！)* 說：「我們並非不尊重你！如果你讓我們通行，我們就有機會復興夢想帝國，拯救所有的生靈，也包括你。」

「什麼麼麼麼？你們居然不怕我我我我？你們居然沒有跪在地上，祈求我放你們一條生路路路？」

皺皺嬙湊到我身邊，朝我低語：「我感覺那黑影有點不對勁！它試圖嚇唬我們，不過……我感覺那是虛張聲勢！」

「你們不用怕！」我回答（儘管我必須承認，我自己嚇得**毛髮**根根豎起！）

羅倫向我們做個手勢，他悄悄繞到沼澤另一邊的一棵大樹後面。於是，我們像蜻蜓點水般躡手躡腳地繞了一個圈子，大家充滿好奇地來到那黑影身後……眼前的景象讓我們**目瞪口呆**！

別被表面所迷惑和蒙蔽！

原來，在樹後面，坐着一隻小小的、可愛的青蛙！

那可怕的黑影是通過燈光和幾面鏡子反射出來的視覺效果！

至於那深不可測的聲音，則是通過一排銅管所產生的，難怪那聲音聽上去如此深沉！

「所以呢呢呢呢？我還沒聽到你們的祈求求求求！」那小青蛙繼續裝腔作勢地嚷嚷，絲毫沒有意識到我們已繞到她身後。

阿麗娜公主拍拍她的背，説：「嗨……哈哈！遊戲結束了！我們已經識破了你的真面目！」

「啊！！！」小青蛙驚訝地尖叫起來。

隨後，小青蛙抱怨道：「真丟臉！」

「你能大
聲一點說話嗎？」
皺皺嬸揮舞着她皺皺的
肢體說。

「聲音也別太大！」愛財娃補充道。

「她的聲音十分輕微！又小又細……和沼澤巨怪相
比！」

「事實上，永遠別被**表面**所迷惑和蒙蔽。」聰
明的羅倫評論說。

突然，小青蛙的臉上落下一顆淚水……接着是
兩顆……然後是一片

傾盆淚雨！

她哭得這麼屬害，頃刻間她的腳邊就形成一片**小水窪**，而且那水窪還在不斷擴大！

她啜泣着說：「啊，真是太丟臉了！啊，這次失敗太丟人了！我畢生致力於**嚇唬**別人，就像其他守衛一樣！現在你們揭開了我的真面目！嘩嘩嘩，我以後還怎麼在江湖上混！」

我試圖安慰她：「別哭了！其實也沒那麼嚴重！別對自己太苛刻！你剛才的表演簡直不可思議，我一直以為你是個**大怪獸**，會一口吞掉我們！」

嗚嘩嘩嘩嘩！

但是，那小青蛙依然**不停地哭**，沮喪地說：「我在守衛界的聲譽毀於一旦！完

了，徹底完了！我還不如一隻小蝌蚪、一朵枯萎的**睡蓮**、一坨**蒼蠅**便便！」

阿麗娜公主激動地彎下腰，抱住那小青蛙安慰説：「別這樣説！

每個人都要心存希望！」

羅倫也試着安慰小青蛙：「你別自暴自棄！還有我們呢！」

甚至連白老虎黎明也撓着肚子，發出「嘰哩咕嚕」的響聲，試圖安慰她。

小青蛙哭着説：「你們不能理解我的痛苦！其他的**守衛**一個比一個可怕！求求你們，千萬別對任何人提起我這次丟臉的表演。」

「我們向你保證。」阿麗娜公主許諾，「現在我們離開這兒，誰也不會知道剛才的事。這一切將成為我們之間的**秘密**！」

突然，小青蛙的表情凝重起來，她說：「可是，我不能讓你們輕易離開此地……不管怎麼說，我是**沼澤守衛者**，我必須履行自己的職責。」

　　她望着我們，解釋說：「我很抱歉，每個想要通過此地的旅客都必須先通過一道考驗：

這是我的職責，也是你們必須面對的難關！我需要提醒你們，我注意到天空中飛來了一條巨龍，牠肯定是你們的伙伴！不過，千萬不要讓牠在此降落，否則你們都會遭遇不幸。現在，是讓你們看看我實力的時候了……」

　　她話音剛落，沼澤之水突然泛出火焰……掀起的熱浪差點燒焦我的鬍鬚！

火焰彈跳！

羅倫吹口哨，警示納瑞克留在高空。

此時，沼澤池塘變成了一片**岩漿湖**，難怪在鑰匙上雕刻着火焰的圖案！

我的鬍鬚都嚇得豎了起來！

彷彿施下了魔法一般，在岩漿湖的中心浮現出許多片扁平、圓圓的**大蓮葉**。

小青蛙向我們解釋：「若想通過這道考驗，你們必須沿着這些睡蓮葉**跳過去**，一直跳到湖對岸，就是這樣！」

她示範着跳了兩下，從一片葉子躍到另一片葉子上，再重新跳回到我們身邊。

看罷，阿麗娜公主説：「好吧，看上去並不難！只需要這裏跳跳，再那裏跳……」

　　她從岸上伸出一隻腳，踏上離岸邊最近的一片
睡蓮葉。可是，那睡蓮葉立刻沉到岩漿中，頃刻間
燃燒起來！

　　幸好，公主及時向後一跳，才沒有葬身火海！

　　「嘩啊！」她縮回腳大叫起來，「真危險！」

　　小青蛙説：「你太衝動了，公主殿下！你不應該隨隨便便踏上睡蓮葉，你們要嚴格地按照我的步法 **順序** 跳躍！如果你們失敗了，就會被滾燙的岩漿淹沒！如果你們成功了，我不單會放你們走，我還會把下一道關口的 **鑰匙** 送給你們，以我沼澤守衞的名義發誓！現在長話短説，展示你們勇氣的時候到了！」

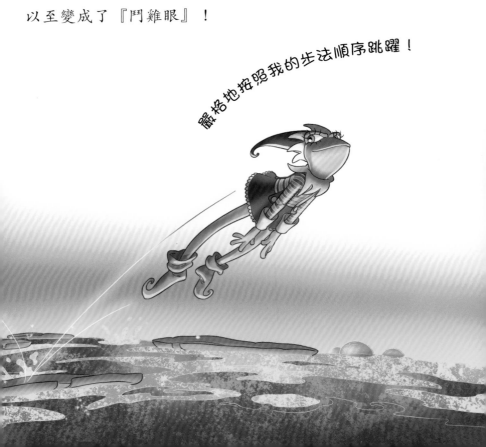

說罷，小青蛙敏捷地從一片葉子跳到另一片葉子上，跳得像彈簧一樣高！

她按照「Z」字形前進！

她的腳步如此迅速，我的雙眼緊隨着她的步伐，以至變成了『鬥雞眼』！

嚴格地按照我的步法順序跳躍！

　　小青蛙跳到對岸，邀請我們依照她的步法。「輪到你們了！」她呼喊道。

　　我的鬍鬚緊張得豎了起來，要依照她的腳步，簡直是不可能完成的任務！

　　我的命可真苦！我可不想變成一團**烤鼠餅**！

　　羅倫開口了：「如果你允許，公主殿下，讓我來開路吧。我剛才仔細地觀察了小青蛙的前進次序，應該能夠順利跳出正確的路線。」

　　阿麗娜公主兩手叉腰，抗議說：「想也別想，剛才我也看得**仔細**，我一定能夠率先跳到對岸！」

　　以一千塊莫澤雷勒乳酪的名義發誓，她真是一位驕傲的公主！

　　她毫不遲疑地飛身一跳，躍上第一片**睡蓮葉**。那睡蓮葉穩穩地接住她，啊！看來她跳對了！

　　然後她開始第二跳，這片葉子也沒有沉下去！接著，她的第三跳、第四跳、第五跳……

公主急匆匆地從一片葉子跳到另一片葉子。她每跳一下，我的心就猛地**揪**起來！我不確定她的下一跳是否正確，否則一切都完了！

現在，輪到羅倫跳上第一片睡蓮葉了，而我……必須跟在他後面跳！

接下來，輪到白老虎黎明、皺皺孀和愛財娃，巨龍納瑞克則一直在上空盤旋，因為無法助我們一臂之力而倍感焦慮。

我請求說：「你們慢點來！我有點跟不上了！」

就連皺皺孀的動作也比我更**敏捷**，催促說：「快點，騎士！*跳啊！跳啊！*我年紀比你大了幾百歲，可比你跳得還要快！」

眼看阿麗娜公主就要抵達岩漿湖對岸，她突然遲疑起來，停了片刻……幸好她想起了葉片**順序**，繼續向前一跳。

*哆哆哆，好險！*公主可千萬不能出錯，否則她就會葬身火海！現在只差一步，她就能順利上岸啦！

　　阿麗娜公主踏上離對岸最近的一片睡蓮葉，那葉片突然……

沉下去！

　　她跳錯了！！！

　　「阿麗娜！」羅倫大喊一聲。眼看她就要掉進岩漿湖，在這千鈞一髮之際，他從後及時接住公主！

　　他敏捷地從一片睡蓮葉跳到另一片上面，牢牢地抱住她，**拯救**她脫離火海。

接住了！

看着眼前這驚險的一幕，讓我嚇得目瞪口呆！

阿麗娜公主和羅倫深情凝視着彼此的雙眼，然而目光只交流了一瞬間。她很快掙脫馴龍員的懷抱，用冷淡的口吻說：「謝謝，但是你實在沒必要這麼做。我完全可以自救！」

聽了這番話，羅倫垂下目光，沉下臉回答：「我只是盡了自己的責任。」

我不禁回憶起芙勒迪娜皇后之前的評價，阿麗娜實在太驕傲了！

「萬歲！太好了！」小青蛙忍不住叫好：「你們成功了！做得好！」

隨後，小青蛙試探性地補充說：「我想拜託你們帶我一起走！我已厭倦了困在這片沼澤地！我也想加入你們的團隊，助你們一臂之力！如果你們不嫌棄我矮，如果你們不嫌我累贅，如果你們不嫌棄我太小、太綠、太……」

阿麗娜笑着打斷她的話，緊緊握住她的手：「太好了！歡迎你加入皇冠伙伴團！」

深海怪獸

我們即將沿着穿過蘆葦叢的金色小徑踏上旅程，小青蛙讓我們直呼她的名字——綠呱呱，隨後鄭重地遞給我們一把雕刻精細的鑰匙。

阿麗娜公主仔細地觀察起來：「這把鑰匙上的外型是一個貝殼！沒有大蜘蛛、巨蛇的眼睛或是熊熊火焰……也許通過下一關很容易！」

綠呱呱很高興能和我們一起旅行，她開心地到處亂蹦跳。

「我們很快就能復興夢想帝國！」她熱情洋溢地嚷嚷，「要是其他守衛知道我也是這團的一分子，那有多酷！我要給他們看看，我不是什麼沼澤蛙，也不是什麼膿包癩蛤蟆，或者……」

綠呱呱

身分：她是沼澤守衛。

性格：她性格活潑，樂觀隨和，皮膚像翡翠般翠綠。她缺乏安全感，太過在意自己的缺點。她時常偷偷四處溜，似乎還隱瞞着什麼秘密……

愛好：她喜歡吃泥巴橡膠軟糖，十分熱愛文學。她最愛的幾本小說是《安娜·卡列蛙娜》、《蒼蠅先生》、《暴風雨下的睡蓮》和《約婚青蛙夫婦》。

　　我笑着制止她説：「別説了，可憐的綠呱呱！希望這次旅程後，你能多些自信！」

　　我們繼續前行，金色小徑指引我們進入一片不同尋常的草坪中央。草坪上盛開着的不是鮮花，而是一個個**銀鈴鐺**，在微風的輕撫下發出清脆的響聲。

　　在我們經過了各種艱難險阻後，眼前的一幕真讓我們身心愉悦！

　　隨後，我們鑽入一片**樹林**，林邊圍繞着細膩的沙灘。一棵棵大樹的樹皮上長着色彩鮮豔的蘑菇，但是，當我們靠近細看時……發現那些並非蘑菇，而是一片片**麵包**上塗滿了**果醬**！

　　「我們可以隨意享用，這些都是可以食用的！」綠呱呱向我們保證，「這些樹是極為稀有的**點心樹**！它們沿着道路兩旁生長，為經過這兒的旅行者補充能量！」

　　這些點心看上去十分美味，於是我們不禁吃下它們以填飽肚子，甚至連黎明和納瑞克也飽餐了一頓！

這些食物蘊含着豐富的能量，讓我們忘記了身體的疲憊和不適，重新振作起來。

「真是**美味**！」阿麗娜公主評論道，一邊躲避羅倫投過來的目光，「要是菲爾瑪在，她一定會很愛吃這種點心！菲爾瑪是做**甜品**的高手……我拿了一塊，給她留着！說不定她會研究出來如此美味的秘方！」

我享受着這片刻悠閒時光，但是心頭總有疑問繚繞。我並非一隻疑神疑鬼的小老鼠，但我總有一種奇怪的感覺，似乎有誰一直在暗中**觀察**着我們……究竟是誰？！

皺皺孀察覺到我在沉思，「有時候，你想得太多了！」她親切地對我說，「多吃點，別想了！這些點心真可口，吃了讓我感冒都痊癒啦！」

我們盡情地大吃了一頓，隨後繼續踏上旅途。

我們走啊走啊……

突然，前方的金色小徑潛入了大海深處。若想繼續前進，我們就必須投進浪濤之中。

愛財娃提醒我們，說：「我們剛剛吃過飯！現在是潛水的時機嗎？」

公主露出傷感的微笑：「媽媽一直提醒我，吃完飯後，需要消化一段時間，才能運動……」

她的神情嚴肅起來，補充說：「天知道在水晶宮和隱形軍團的戰鬥現在進展如何，我們已等待很久，現在該潛下水啦……」

大家面面相覷，不知該如何下水。

「別怕！」綠呱呱安慰我們，「這片水域具有神奇的魔力，我們在水底下也能自由呼吸！」

於是，我們紛紛跳進大海。

就連納瑞克也下水了，他從空中潛入大海，再也不願和我們分開⋯⋯

海中的景象簡直讓我們目瞪口呆，只見一羣羣生物在水中游泳，他們的外型十分奇異！

快來，我們一起下水！

我們看見一條肚子下長有輪子的魚，還有一隻身穿紗裙、宛如*芭蕾舞者*般翩翩舞動的水母。一條雙髻鯊身後跟着三條外形仿似工具般的小魚，一條鑰匙形、一條*螺絲形*，還有一條螺栓形。

　　「這究竟是哪裏？」我兩隻眼睛瞪得滾圓，好奇地詢問綠呱呱。

　　綠呱呱回答：「這裏，就是**稀奇古怪海**！」

在這片水域，生活着各種在夢想國從未見過的奇異**生物**。

阿麗娜公主讚歎説：「真是美不勝收！」

「沒錯，」綠呱呱補充説，「同時也**危機四伏**！」

我害怕得從耳朵尖抖到尾巴尖，嘟囔着問：「什……什麼意思？」

你能找出圖中的大海裏有多少隻海星嗎？

答案參見第191頁。

　　突然，從一片幽黑的深淵中騰起一束光。那光束離我們越來越近、越來越強，照得我們眼花繚亂。

　　愛財娃嚷嚷：「你們看！那會不會是一條燈籠魚？也許他身邊伴着一條翻車魚？」

　　「噢，我不這樣想，」綠呱呱評論，「與其説是燈籠魚，也許是一條火爐魚！」

鏘鏘！　鐺鐺！　鏘鏘！　鐺鐺！

鏘鏘！　鐺鐺！　鏘鏘！　鐺鐺！

　　那聲音讓我直發抖！我們終於看清楚了。向我們徑直遊來的，應該説是隨着金屬響聲而來的，是一條面目猙獰的深海怪魚，簡直就像是以鋼鐵鑄成的怪獸！他有一個血盆大口，上面長着一排排尖牙，腥紅的嘴巴裏散發出火爐般的熱量！頭上長有一盞燈籠，所經之處都會留下一連串

熾熱的泡泡……

我們的命可真苦啊！

皺皺嬌的語氣不慌不忙，保持她一貫的高貴冷靜，說：「我們最好不要靠近那怪物！防範意識再多也不嫌多！」

我慌張地回應說：「恐懼永遠不嫌多！

救命啊啊啊啊啊！」

羅倫揮舞寶劍，說：「那怪物怎麼在水下還能點火？」

「稀奇古怪海的水質十分獨特，這裏居住着很多奇特的魚。」綠呱呱解釋說。

無論如何，有一件事我十分確定，稀奇古怪海並非世外桃源，而是恐怖之海！！！

第 188-189 頁答案：海星一共有四隻。

值得守護的寶物

那巨魚距離我們越來越近，我們趕忙離開金色小徑，鑽進旁邊的岩洞內躲避⋯⋯

接着，那**火爐般的巨魚**猛力撞擊我們藏身的岩洞，還用鋒利的牙齒不斷啃咬洞口⋯⋯

呱唧！　呱唧！　呱唧！

皺皺嬸驚呼：「他想吃掉我們！快快快，你們快躲進我的龜殼裏吧！」

「謝謝你的好意，不過恐怕龜殼太狹小了。」我回答。

嘎吱！嘎吱！嘎吱！

岩石開始**鬆動**掉落⋯⋯

羅倫喊道：「那巨魚想吞了我們！我們必須趕快想想辦法！」

這時，阿麗娜公主戴上長翅族面具，發現金色小徑延伸到一個大貝殼前就停止了。

「快快快，我們必須趕快沿着小徑，鑽進那個巨大的**貝殼**……」

我們馬上游向那貝殼。當我們離它越來越近，發現那貝殼內透出了璀璨的光芒，裏面收藏着價值連城的**寶物**，包括：黃金、紅寶石、藍寶石、翡翠、貓眼石、鑽石……

當我們越接近那貝殼，火爐巨魚就追得越兇，原來他在守護那些寶物！

那巨魚徑直向我們衝過來，嘴裏發出「咕嚕嚕」的聲響：「我就是

稀奇古怪海的守衞！

我絕不會允許你們偷走寶物！」

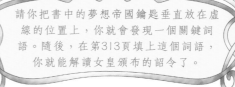

請你把書中的夢想帝國鑰匙垂直放在虛線的位置上，你就會發現一個關鍵詞語。隨後，在第313頁填上這個詞語，你就能解讀女皇頒布的詔令了。

他張開火爐般的血盆大口，露出滿口如刀片般鋒利的牙齒，恐嚇我們。

「我們必須立刻行動！」羅倫高叫起來，「要在那巨魚吞噬我們之前，鑽進大貝殼！」

這計劃看上去無法實現，眼下火爐巨魚距離我們只有一步之遙……我們開始像鰻魚一樣在水中**扭動**全速前進！

就連烏龜皺皺孀也拼盡全力，游得像一枚魚雷般飛快！

多虧了那些果醬和麵包，這些食物為我們補充了**超級能量**！

我們終於及時躲進大貝殼裏，可是，通道卻被一堆寶物堵住了！

火爐巨魚攔住了我們，看上去

怒火沖天。

我試着委婉地和他講道理：「我們只是想從你這兒經過，繼續旅程！你盡可放心，我們絕不會觸

碰**任何一塊黃金**。」

　　而愛財娃看上去對那堆寶物動了心，她的眼睛牢牢盯住了這些珍寶！

　　「守衛先生，快看那邊！」她伸手指向海洋深處。

　　趁着那巨魚沿着愛財娃指的方向望去，她飛快地撈起一把**珍貴的**寶石，放進袋子。

　　火爐巨魚識破了她的小把戲，發出一連串宛如金屬碎裂的乒乓巨響：「這狡猾的**狐狸**，你想在我眼

皮底下偷竊嗎？看我不把你烤成狐狸餅！我先從你的朋友們開始⋯⋯」

聽罷，而愛財娃高叫起來：「不，別這樣！我把所有寶石都還給你，求求你別碰他們！」

我們的朋友——愛財娃把寶石一一放回遠處。但那巨魚仍不罷休：「這還遠遠不夠！」

愛財娃請求說：「如果你釋放了朋友們，我就把我所擁有的一切都給你，我一生中賺取的全部財富！」

我們不可置信地望着愛財娃，她飛快地解開腰間的小袋子，從裏面倒出了一大堆金塊！

那巨魚的眼睛裏，閃爍出讚許的光芒⋯⋯

他喃喃地說：「你比我想像得更慷慨，小狐狸！你的心戰勝了貪婪的慾望。我，作為稀奇古怪海的守衛，正式宣布放你們走！」

愛財娃甘願獻出了自己的全部財產，來換我們的性命……嗚嗚嗚！我感動極了！要知道我是一個**重感情**的小老鼠！

「我們十分感激你，火爐巨魚。」阿麗娜公主說，「還有你，愛財娃，我十分敬重你所作的犧牲。你的心地善良大方，倘若未來我們能重振夢想帝國，大家永遠不會忘記你的付出！」

這時，長長的金色小徑又一次在我們面前出現，一切宛如魔法般神奇。我們已準備好踏上旅途，而我們的心靈裏滿載了感動！我們正準備出發時，身後突然傳來了絕望的哭泣聲。

原來，那啜泣聲是來自火爐巨魚

長滿利齒的大嘴巴！

「我已經很久沒有遇到過心靈如此純淨的旅行者了！」他說，「其他過路者只關心如何從我這兒奪取這些珠寶！小狐狸，你能留下來陪伴我嗎？在這冰冷的深淵中，我活得十分孤獨！」

請你把書中的夢想帝國鑰匙垂直放在虛線的位置上，你就會發現一個關鍵詞語。隨後，在第313頁填上這個詞語，你就能解讀女皇頒布的詔令了。

斯芬克斯的挑戰

　　愛財娃困惑地望着我們，她可從沒打算搬到深海裏居住！

　　可是，當下火爐巨魚看上去如此**悲傷**。

　　「好吧，我留下來！」愛財娃不忍地説，「不過，只能陪你**一段日子**啊！」

　　看來這是能讓我們繼續踏上七秘密之島旅程的唯一辦法了。我心中滿是感激，緊緊地抱住她，承諾説：「愛財娃，你擁有一顆**高貴**的心，我們一定會回來接你！以我正直無畏的騎士名義發誓！」

　　綠呱呱緊握着愛財娃的手，説：「下次等我們重逢時，我一定從你這兒購買一個自動計時器！」

　　皺皺孀也給了她一個大大的擁抱：「你讓我震驚。原來並非所有的**金子**都會閃耀，恰恰相反：在最粗糙的石頭裏，往往藏着最珍貴的寶石。」

　　「你們説的不錯。」火爐巨魚回應説。

「為了感謝你們，我為你們的旅程準備了一份禮物。」那巨魚從愛財娃的金塊裏拿出一小塊**黃金**，那金子如星空般閃耀着璀璨的光。他提示我們：「這金塊象徵着愛財娃的純淨心靈。唯有**來自高貴靈魂**的黃金，才能為你們在七秘密之島的旅程提供力量。

我為你們的旅程準備了一份禮物！

謝謝！

「一旦時機已到，你們就將這金塊投入圍繞島嶼的**迷霧之湖**，在湖的對岸就會出現能助你們渡湖的小船。」

「你來保管它，」公主對我説，「你是保管它的最佳對象。」

我伸出手爪，感慨而動情地接受了這份禮物。我們沿着貝殼的神秘通道，繼續踏上旅程，而一滴淚從我臉上滑落。

愛財娃充滿希望地與我們告別，她揮舞着手，叮囑我們：「盼望你們早日歸來！」

金色小徑一直延伸到大海的彼岸，潛入一片大風吹拂的草原。我們緩慢地前進着，感覺比出發時更加悲傷，就連阿麗娜公主和羅倫也忘記了鬥嘴。我們的內心多想念愛財娃啊！

玫瑰色的**破曉**霞光映在天上。我在水中穿行，轉眼又一天匆匆流逝，距離拿到**皇冠**的期限越來越近！

羅倫説：「我們決不能失敗，否則愛財娃所犧牲的一切將付諸東流！大家要鼓起勇氣！」

風颳得越發**猛烈**了，我緊緊抱住翡翠綠龍，以免自己如葉子般被風吹落。金色小徑沿着懸崖邊緣不斷延伸……我的頭直發暈暈暈暈暈暈！嘩嘩嘩嘩嘩嘩嘩

該是佩戴面具的時候了，阿麗娜公主指揮白老虎黎明，在距離深淵一步之遙時停了下來，她俯身拾起一把新鑰匙。這一次，鑰匙上雕刻的圖案是鳥兒的**翅膀**。

「那麼下一道關口用來插入這把鑰匙的**鎖孔**，會在哪裏呢？」阿麗娜公主迷惘地問。

羅倫指揮巨龍納瑞克飛到公主身旁，建議説：「翅膀象徵着天空，也許線索就在空中……」

203

　　阿麗娜公主將鑰匙對準面前的空氣，扭了一下。奇跡發生了！我們面前赫然出現了一條金色小徑，懸浮於深谷之上，徑直伸向遠方的地平線！

　　黎明隨即躍上小徑，突然，從天空上傳來一陣淒厲的嘶鳴！

　　一隻飛禽在我們上空盤旋着⋯⋯他的模樣十分古怪，長着鷹的翅膀、獅子的身體和隼的頭！

　　「我是風之谷的斯芬克斯！」他大喝一聲，「現在讓你們嘗嘗我爪子的滋味！」

　　「你也來嘗嘗我皮包的滋味！」皺皺嬸反擊道，她從龜殼裏掏出一個小手袋。「離我們遠點，大公雞！你不覺得這樣對女士說話很無禮嗎？」皺皺嬸抓起手袋擲向斯芬克斯。

　　羅倫命令納瑞克在阿麗娜公主身邊的小徑着陸，放下我、綠呱呱和皺皺嬸，隨後建議：「騎士，現在請你保護公主，讓我來對付這怪物！」

　　隨後，他躍上龍背，直沖雲霄，和那怪物展開激烈的戰鬥。

公主大叫：「羅倫，現在你可真讓我生氣！我絕不會讓你獨自苦戰！」

說完，正當她打算拉弓搭箭時，她突然像石頭一樣愣住了！原來她袋中的弓箭居然消失得**無影無蹤**！也許是她在稀奇古怪海時，不小心弄丟了！

「不不不！」阿麗娜絕望地叫喊道。

「我們絕不會留下你獨自苦戰，**羅倫**！」我拚命地向天空呼喊，希望我們的朋友能聽見。

羅倫的聲音從高空傳來：「第五天的太陽即將落山，你們必須分秒必爭，追回皇冠！你們快快離開！一切為了夢想帝國！」

「不！」公主高呼，一邊憤怒又痛苦地哭泣着。

羅倫高聲提醒她：「公主，這一直是我的職責，**守護你的安全**！」這幾個字，是羅倫留給我們最後的話語。

很快，他的身影消失在雲端。我們只能依稀聽見巨龍和斯芬克斯**搏鬥**中傳來的咆哮，感覺他們在空中越升越高，直至完全消失。

叛逆的眼淚

阿麗娜公主一直絕望地向天空呼喊：「羅倫！羅倫！」

但是，羅倫再也不會回答，天空中的打鬥聲也消失了，一切重歸寂靜。

我感覺心都碎了，裂成了一片片。我無法接受羅倫離開我們的事實……我無法相信，一位如此勇敢智慧的伙伴，就這樣犧牲了！

黎明沿著金色小徑默默前行，阿麗娜公主淚流滿面，泣不成聲。就連白老虎也感受到了悲傷，停下腳步。

「我不想再往前走了，」公主傷心地啜泣說，「我一直對羅倫如此苛刻！他總是那樣細緻入微地關照我，可是我呢……我從來沒有回應過他。我們

自小一起成長，他就一直教我該如何做，如何**拉弓**，如何呼吸運氣，他是所有人中最勇敢、最堅強、最能幹的！」

「而你們兩個……」皺皺嬸試探着説。

「……我身體的一部分，感覺和他**緊緊聯繫**在一起！」阿麗娜公主承認，「我卻把這份情感藏在心底！當我失去他後，我才真正體會到這份感情有多深！」

可憐的阿麗娜公主！

看到她如此心碎，我難過極了！

「別絕望，」我安慰她，「我相信羅倫和納瑞克能夠**擊敗**那怪物！」

「騎士説得對，」皺皺嬤安慰她説，「時光倒退到一個世紀前，那時我和你們一樣，年紀輕輕、感情豐富！相信我，現在我年事已高，當我看到一位**真正的騎士**時，我能一眼認出他來。羅倫，就是這樣一位英雄！」

公主似乎在思索着什麼。

皺皺嬤補充説：「同樣，當我看到一位真正的公主時，我也能一眼認出她。而你就是這樣一位公主，阿麗娜！」

「沒錯！」我説。

「現在你必須全力以赴，完成任務。你是為了你的母親——芙勒迪娜皇后而戰，也是為了羅倫而戰！你究竟還是不是『**叛逆公主**』？」皺皺嬤説。

阿麗娜公主目不轉睛地望着我們，隨後擦乾眼淚。「你説得對！我不能止步於此！黎明，我們繼續前進！

夢想帝國的皇冠，還在等着我們！

神秘人物

　　阿麗娜公主振作起來，跨到黎明背上。我們正打算出發，突然發現隊伍裏又缺少了一位伙伴，**綠呱呱**不見了！

　　剛才的戰鬥情況十分混亂，我們居然沒發現她消失了！

　　就在此時，「呱呱！」小青蛙從小徑不遠處**蹦跳**了過來。

　　「我在這兒，朋友們！對不起，我剛才跑開了，那斯芬克斯實在太可怕了，嚇得我只好悄悄躲起來了！」她有些尷尬地道歉。

　　哎，雖然她的做法並不**勇敢**，

我在這兒，朋友們！

但是，我又怎麼能批判她呢？我自己也不就是一隻膽怯的小老鼠嗎？

我安慰小青蛙，說：「現在**危險**解除了，不必害怕！」

我們沿着金色小徑前行，來到峽谷另一端，一路上太平無事。沒多久，眼前的景象讓我震驚得屏住呼吸！我們面前出現了一個孤島，島嶼四周的**湖水上瀰漫着濃霧**……

我們不可置信地面面相覷。我們終於抵達了在夢想帝國傳說中提到的

在最初的興奮褪去後，我一臉懷疑地嘟噥着說：「但是……這兒如此荒蕪！湖上的霧氣很濃，簡直什麼都看不見！我們該如何渡湖呢？」

「火爐巨魚的**金塊**！」阿麗娜公主回想起來，「我們可以將金塊投入迷霧之湖，就能渡湖了！」

你能找出圖中的
濃霧中隱藏着
什麼危險嗎？

答案參見第216頁。

　　我將手爪伸進口袋，掏出金塊。它讓我想起了在**深淵**中陪伴巨魚的愛財娃！

　　我正要將金塊投入湖中，這時，突然有人拉住了我的手爪。

　　我轉頭一看，以一千塊莫澤雷勒乳酪的名義發誓！我面前突然站着了一個**神秘人物**，她的帽子拉得很低，讓我看不清楚她的臉。原來，阻止我投擲金塊的就是她！而她的身旁竟有三枝彷彿懸浮在空中的矛⋯⋯

　　毫無疑問，他們是⋯⋯

三位隱形軍團的士兵！

　　那神秘人物開口了，聲音宛如暴雪一般冰冷僵硬：「把這一塊金子留給我，你這老鼠從哪裏來就回哪裏去，保證你會毫髮無傷。」

　　阿麗娜公主反駁説：「他是正直無畏的騎士！而你們連給他擦鞋都不配，速速讓我們過去！」

第214-215頁答案：在迷霧中周圍有隱形士兵的蹤影，插着六把長矛。

神秘人物的臉龐被斗篷遮起來了，但她那嘲弄的笑聲卻十分清晰。她再次說話了：「可憐的英雄們……你們簡直天真得可愛，你們從不知道何時該撤退保命！**士兵們，攔住她！**」

兩枝長矛交叉，架在阿麗娜公主胸口上，攔住了她的路。

「休想碰公主，除非你們從我身上踏過去！」我大喝一聲。可我的話對士兵毫無震懾力，因為第三枝矛突然架在我腳下，把我絆倒，讓我重重地摔倒在地上！

救命！

皺皺嬸也遭到了長矛的襲擊，幸好她反應迅速，縮進龜殼裏不出來。

就在此時，綠呱呱圍着敵人**蹦跳**起來……難道她是想轉移敵人的注意力？

「**主人**！」綠呱呱叫道，「我做得不錯吧？」

那神秘人物意味深長地說道：「唔，還不賴，你為我探聽到金塊的秘密，還設法扔掉了公主的弓箭，至於其他的，還要靠我自己。」

「什麼什麼什麼？金塊？弓？箭？」我震驚地叫起來。

綠呱呱一臉驕傲地對我說：「趁着你們當時目光都集中在火爐巨魚身上，分散了注意，我便把阿麗娜的弓箭扔了，現在它們留在了稀奇古怪海底！」

原來，這才是公主的弓箭失蹤的原因，我簡直不敢相信自己的耳朵！

「你這個叛徒！」皺皺嬙怒斥她，「我早就感覺到你對我們有所隱瞞，我知道你不值得我們信任！」

難怪我總感覺有誰在監視我們，原來我的直覺是對的！

「綠呱呱做得好！」那神秘人物笑起來。

「那麼現在你能履行承諾了嗎？」

「什麼承諾？」神秘人物問。

「把我變成一頭身材巨大、法力無邊、面目兇惡的怪獸，就像其他**守衞**一樣！」綠呱呱急不可耐地蹦躂着，渴望受到嘉獎。

「啊，沒錯，你的確很棒，你的所作所為正如你的外形一樣，一隻**毫不重要的青蛙**！」那神秘人物尖聲回答，抓起綠呱呱扔進了蘆葦叢。

　　隨後，她轉過身，向湖面投下金塊。當金塊一投入水中，湖的對岸隨即出現了一隻**帶有船槳的小船**。

　　神秘人物跳上小船，隨後轉頭吩咐隱形軍團：「那羣討厭鬼就交給你們了，還有一件寶物等着我呢——**夢想帝國皇冠！**」

來自高尚靈魂的黃金

那神秘人物乘上小船翩然遠去，三個隱形軍團士兵「噌」地從我們眼皮底下閃現出來，揮舞着**尖利的長矛**。

咕吱吱……他們三個面目灰暗、陰沉、可怕，我感覺手腳像乳酪般酸軟！

「看哪，大名鼎鼎的叛逆公主落在我們手裏啦！」一名士兵嘲弄說。

「沒了弓箭，看我怎麼收拾你！」另一名士兵挑釁地說。

阿麗娜公主絲毫沒有被他們嚇倒。她拾起一根長棍作為武器，和隱形軍團展開拚死**搏鬥**！

敵人也毫不示弱，他們一會兒從這兒**冒**出來，一會兒從那兒竄出來，讓我們措手不及。

「我在這兒！」

「不，在這兒！」

「我在這兒呢！」

阿麗娜公主抵禦敵人猛烈的長矛**攻勢**，靈巧地展開反擊。可是，她以一對三，寡不敵眾！

白老虎黎明向一個**士兵**猛撲過去，一掌將他打倒在地上。

我總算看見你們了！

皺皺嬌和我也要出一分力！她把頭和四肢縮進龜殼。然後，我舉起她……

……用盡全力向一名士兵頭上**投擲**過去！

「大功告成！」我倆歡呼起來。

阿麗娜公主和白老虎黎明聯手擊敗了另外兩個隱形士兵。不幸的是，公主在戰鬥中受了傷，**昏了過去**！

我輕輕抱起公主，走向湖邊，嘀咕着說：「快點，我們必須立刻帶她渡湖到島上，否則敵人就會搶先一步拿到皇冠！」

「話雖沒錯，但是沒有金塊，我們該怎麼辦呢？」皺皺嬸說，「這湖面如此廣闊，**濃霧瀰漫**，我們根本無法橫渡過去！」

她說得沒錯！我坐在湖岸邊，讓公主倚在我身上。她曾那麼勇敢地戰鬥。可是，如今一切努力都是徒勞！

「我讓芙勒迪娜皇后失望了！我沒法陪伴阿麗娜公主抵達終點！夢想帝國的復興大業徹底失敗了！」我絕望地嗚咽着說。

皺皺嬸溫柔地注視着我，將一隻她**視若珍寶的耳環**摘下來。

「你知道，這耳環的材質並非純金，」她將那

耳環遞給我，「但這是我所擁有的最珍貴的東西。我願用它換取阿麗娜公主的平安。只希望它能充作金子！」

我感動地喃喃說：「也許這耳環的實際價值並不昂貴⋯⋯但是火爐巨魚曾說過，唯有**來自高尚靈魂的黃金**才能助我們抵達七秘密之島，你的心靈正如黃金般高貴！」

皺皺嬸滿懷希望地把耳環投入湖中，緊接着，宛如魔法一般，濃霧繚繞的湖岸邊現出一隻小船。

「**謝謝你，我的朋友！**」我開心地大叫，「快來吧，我們上船啦！」

皺皺嬸卻搖搖頭，說：「騎士，你們先走吧。公主需要你的協助，才能完成任務。而我和黎明負責殿後，擋住那些隱形軍團士兵。」

「謝謝你們！」我**激動**地擁抱皺皺嬸和黎明。「我們一定會帶回夢想帝國的皇冠！」

我輕輕地將阿麗娜公主放在小船上，開始**搖槳**划向小島。

我們划船到湖中，阿麗娜公主仍未蘇醒。我必須趕快**喚醒她**！

「公主殿下，我們即將登島！」我**温柔**地搖晃着她雙肩，一邊呼喚着。

她終於緩緩睜開雙眼，開始時只是注視着我，隨後她四處張望起來，觀察周遭**環境**。

　　「騎士⋯⋯我們究竟在哪兒⋯⋯啊啊啊！」她驚訝地望着眼前的景色問道。

　　她虛弱得無法直起身，但仍匆匆催促我：「快啊，騎士，我們必須儘快拿到夢想帝國皇冠，為了大家而戰！黎明和皺皺孀去哪兒了？」

　　我趕忙安慰她：「他們留在河岸邊對抗隱形軍團。」

我們航行了一整晚。第二天，我們將**小船**停靠在七秘密之島的岸邊着陸。眼前的景色讓我們十分意外。我想像中的島嶼是鬱鬱葱葱的、擠滿了**多彩的植物**和美麗的小動物……而現實中，島上沒有一棵樹、一朵花、一叢灌木、一片葉子、**一根草**、一片苔蘚、一朵蘑菇、一塊老樹根、一棵仙人掌……甚至沒有一隻鳥、一條蟲、一頭乳牛、一隻貓頭鷹、一隻長頸鹿、一隻斑馬、或任何我曾見過的動物。這個令我日夜魂牽夢縈的**島嶼**，看上去如同一塊漂浮在迷霧之海上的荒涼**巨岩**。島上有一座高聳的山峯，那裏布滿**岩石**，十分蠻荒。

「我們一同去探個究竟！」阿麗娜公主提議。

「我們必須抓緊時間，拿到皇冠！」

突如其來，讓人措手不及！

我們終於抵達了**夢想帝國傳說**中預言的終點。但是……我們對該如何拿到神秘的皇冠卻一無所知！圍繞在我們周圍的，只有石子、岩石、山丘、懸崖、砂礫、海角、以及高聳尖銳的石峯……

阿麗娜公主向我指指島嶼中央的山峯，提議：「我們就從那兒爬上去。」

那座山十分荒涼、陡峭，簡直……

險峻至極！

我的雙腳癱軟，眼睛累得都睜不開，而我全身的**骨頭**簡直散了架……但我從不會，也絕不會留下小公主獨自前進。

於是，我跟她一起走向山峯。我們沒走多久，就**突如其來**的遇上了一個神秘人，真是措手不及⋯⋯

那個神秘人也與我們同一個方向前進，她全身裹在長長的斗篷裏，行走時衣服窸窣作響。

「你為何要攻擊我們？」阿麗娜公主果斷質問說。

那人轉過身來，怒氣沖沖地說：「是你們！

你們怎麼會趕上我？」

「因為我們擁有你們從未擁有的，」阿麗娜公主回答，「英雄們的友情和關懷助我們擺脫了困境！」

「友誼只是通往成功的障礙罷了。哈哈哈！」那神秘人冷笑着說。

阿麗娜公主反駁說：「呵呵，是嗎？你要是真有膽量，敢不敢**露出真面目**給我們看看？」

那人緩緩脫掉斗篷上的帽子，說道：「如你所願⋯⋯我的朋友。」

以一千塊莫澤雷勒乳酪的名義發誓，那神秘人居然是阿麗娜的侍女**菲爾瑪**！！！

公主驚呼道：「不可能！」

菲爾瑪氣焰囂張地回答說：「是的，沒錯，正是我！人們稱呼你為『叛逆公主』，可是你居然如此*單純*、天真，只需要友善一點，就能輕易獲得你的信任，還讓我擔任你的貼身*侍女*！」

她可真是厚顏無恥！

她怎麼敢用這樣的語氣與阿麗娜公主說話？公主的臉漲得通紅，感到**悲傷**又**憤恨**。

「你一直是我的好朋友，在水晶宮的日子，我如親姊妹般對待你⋯⋯你竟然**背叛**了我！」

是的，正是我！

　　「親姊妹？你別說笑了，」菲爾瑪譏諷說，「要我說……**表姊妹**還差不多！」

　　以一千塊莫澤雷勒乳酪的名義發誓！菲爾瑪的臉竟然突然開始變形了。

　　「我終於可以**露出真面目**！」她滿意地說，「姊妹情深的戲分可真不適合我！」

　　「我沒有表姊妹！」阿麗娜公主不滿地抗議。

這才是我的真面目！

「你當然有，她就站在你面前！」菲爾瑪回答。

「我是**妮勒迪娜**的女兒，而我母親是你母親的親妹妹……因此，我們是真正的表姊妹！」

「這是怎麼回事……為什麼……」阿麗娜公主困惑地嘟嚷著說。

菲爾瑪滔滔不絕地說著：「我母親知道隱形軍團即將發動猛攻，試圖奪下整個夢想帝國。因此她派我**潛入**水晶宮，偷取長翅族的面具。若想奪得皇冠，這一件寶物必不可少。可是，我在宮中一無所獲，因此我只能一路跟隨你們，前往七秘密之島……這樣更好！看著你們經歷多重難關，而最終**皇冠**卻收入我囊中！哈哈哈！」她邪惡地笑起來。

阿麗娜公主感觸地說：「你說得對，我的確太過單純。現在我才明白，為何我一見到你，就對你有種不一樣的**親切感**，就如親人般熟悉的感覺！因為我們居然真的有血緣關係……我們是表姊妹！」

菲爾瑪點點頭：「因為我們出身於同一個家族，我才將那份大禮送給了你！」

　　說完，她指了指公主別在頭髮上的蜻蜓髮飾。

　　阿麗娜公主驚訝地摸了摸那髮飾。

　　「它被施下了魔法，只要你把它別在頭髮上，我就能追蹤到你們的位置！」菲爾瑪揭開謎底，「其他的任務，就交給那隻矯揉造作的小青蛙了，她把金塊的秘密告訴我……所以我才能截住你們！」

　　「原來這一切都是偽裝的！」公主沮喪地把髮飾從頭髮上摘下，「就連你送給我的禮物也是……」可憐的阿麗娜公主！她的世界頃刻間崩塌了！

　　菲爾瑪點點頭：「你總算開竅了！我母親和我會獲得皇冠。然後，在隱形軍團的協助下，我們會創造一個新的夢想帝國……一個向惡而生的新世界！」

　　「只要還有我在，你們休想得逞！」阿麗娜公主大叫道。

「別做夢了，阿麗娜！」菲爾瑪不屑地說，「我才是勝利者！」

「這話由我說才作數！」

突然，有一把聲音如雷聲般在島上轟鳴。

我環顧四周，卻空無一人，*剛才是誰在講話呢？？？*

石巨人

公主問：「是……是……是……是誰？」

整個島上如此荒涼，阿麗娜公主的聲音在山谷間迴響，滾下斜坡，爬上山崖，沉入礁石！

咚咚　　咚咚　　咚咚

「這又是什麼聲音？」就連菲

爾瑪也震驚了。　　　　　　　咚咚　咚咚

我回答：「呃，這是我心臟的跳
動聲！因為我很緊張！」

就在此時，那雷鳴般的聲音又響了起
來：

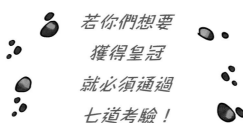

若你們想要
獲得皇冠
就必須通過
七道考驗！

那聲音如此深沉，以至我腳下的大地都裂開了一道縫！

「誰在講……講……講話？」公主追問道。

事實上，那聲音傳遞的訊息，我們已經知曉。但是，那聲音究竟從何方而來，對我們仍是一個謎！

整個島上除了阿麗娜公主、菲爾瑪和我，簡直空無一人……

整個島上空空如也，我沒有誇大來說，除了我們面前的一座大山……整個島上一片荒涼，除了一片險峻的崖壁，兩隻長滿老繭的手，兩隻巨大的眼睛，還有……

就在一瞬間，我們面前出現了一個巨大的

我們之前根本沒有發現他，因為他的面目隱藏在崖壁的深谷和溝壑中！

那巨人向我們大踏步走來，簡直讓我毛骨悚然！

你能在圖中找出隱藏着的石巨人嗎？

答案：參見第246頁。

你們可曾聽見整座山發出地動山搖的巨響？咕吱吱，那就是石巨人自我介紹時發出的聲音！

「優雅的女士、堅定的少女，

歡迎進入這片荒蕪的土地。

這裏粗糙、苦澀，毫不柔軟，

你們嘗不到生命的甘甜。

可在外表粗糙的岩石中，

蓬勃的力量在暗自湧動！

我從不認識動物或植物，

請容我問些古怪的問題。

希望你們不要介意：

這究竟是個什麼東西？」

隨後，石巨人突然用巨大的手指提起我的尾巴，

把我提起到空中！

「求求你，巨人先生，放了我吧！」我大喊。

「我有畏高症啊！我只是一隻小老鼠！」

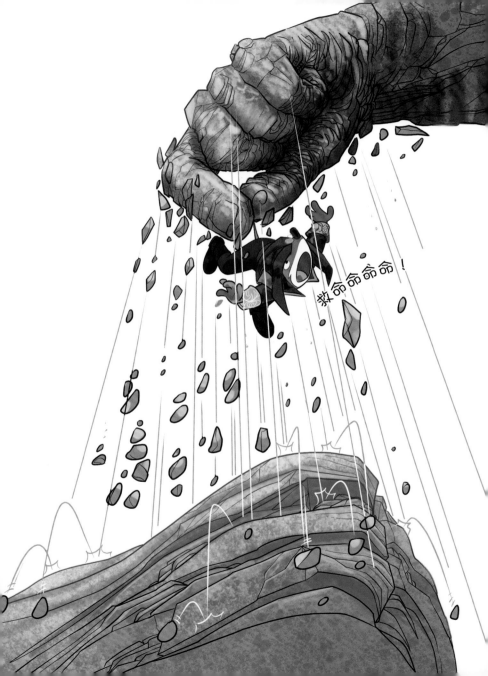

「我名叫菲爾瑪。」妮勒迪娜的女兒搶先一步，跳到阿麗娜公主前面。「我來此地拿取夢想帝國皇冠！」

「我名叫阿麗娜。」公主迎向表妹挑釁的眼神，自信地宣告，「我也來此地拿取夢想帝國皇冠！」

石巨人輕輕地將我放在地上，高聲宣布：

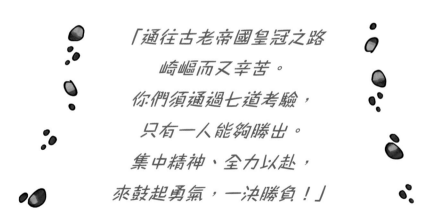

「通往古老帝國皇冠之路
崎嶇而又辛苦。
你們須通過七道考驗，
只有一人能夠勝出。
集中精神、全力以赴，
來鼓起勇氣，一決勝負！」

棋局對弈

此時，一副國際象棋的**棋盤**突然出現在阿麗娜公主和菲爾瑪面前。我激動萬分地祈禱公主能夠獲勝。

石巨人宣布：

「第一道考驗已出現在面前，
來測試你們的智慧和謀略。
每當一個棋子被吃掉，
它象徵的戰士，會消失不見！」

什麼什麼？這句話是什麼意思？那巨人簡直像在說**謎語**！不過，當我仔細注視棋盤時……咕吱吱，我頓時明白了他話中的含義！那棋盤中的黑棋外形酷似隱形軍團，而白棋則代表長翅族和其盟軍！

250

這意味着每當阿麗娜公主或菲爾瑪吃掉對方的一個棋子……那棋子象徵的戰士就會從現實中**消失**！

阿麗娜公主先走第一步。

「這個兵象徵着戰士『真心人』，他是水晶宮裏我最喜歡的侍衛之一。」公主告訴我。

真心人

可惜，菲爾瑪很快吃掉了這個棋子，將外形酷似隱形軍團戰士『鬍子怪』的兵向前挪動一步。

阿麗娜公主趕忙迎戰，然而她下的這步棋正中對方下懷……

「嘗嘗這個！」菲爾瑪說，隨後一口氣**吃掉了**象徵藍貂部落小眼睛的車！

鬍子怪

252

「你也嘗嘗我的厲害！」阿麗娜公主回答，隨後吃了黑棋陣營中的象——吹牛將軍。

公主**一鼓作氣**，用手中的象——銀龍國公主愛麗絲吃掉了黑棋陣營的馬——詛咒包上士，但她並沒有佔上風……

詛咒包上士

菲爾瑪步步緊逼，很快佔得了**優勢**。阿麗娜公主每丟一個棋子，都傷心萬分。而她的對手卻對自己的棋子漠不關心！

阿麗娜公主拚命**抵抗**，而菲爾瑪則越來越狠……她毫不畏懼失去棋子！

「鼓起勇氣，公主，別灰心！」我激勵她。

銀龍國公主
愛麗絲

253

很快，菲爾瑪就包圍了阿麗娜公主最在乎的一個棋子——**芙勒迪娜皇后！**

她一邊緊密包抄皇后棋子，一邊露出勝利的微笑，而阿麗娜公主則無法忍受失去這個棋子。

她站起身，說道：「夠了，**我投降！** 你贏了！」

阿麗娜公主心灰意冷，不單單因為輸了棋局，更因為她傷了心，天知道長翅族的戰士們是否還健在？天知道他們能否抵住隱形軍團的猛攻？

阿麗娜公主，要冷靜！

我奔到阿麗娜公主身旁**安慰**她。

「騎士，」阿麗娜公主的淚水盈滿雙眼，「這個開局糟透了！」

「這我並不否認」，我安慰說，「但它只不過是**七道考驗**中的第一道而已，別失去信心！」

石巨人宣布：

「菲爾瑪贏得了第一道考驗。
第二道考驗即將出現在你們面前。
若想取勝，必須聚精會神，
瞄準靶心，看你們能否射準！」

閉着眼睛都能贏！

石巨人說罷，在兩位少女身邊的不遠處，突然冒出了兩個**箭靶**。

「拉弓射箭！」我驚呼道，「那正是你的強項，公主殿下！這道考驗你閉着眼睛都能贏！」

石巨人叫道：

> 「閉眼？老鼠的主意可真叫絕！
> 現在看你們誰能射中靶心。
> 若想射準，必須聚精會神。
> 不過前提是……先蒙上眼睛！」

「什麼？我剛才只是打個比方！」我不滿地向他抗議，「你可不要太**咬文嚼字**啦！」

「別擔心，騎士，」阿麗娜公主向我眨眨眼睛，安慰我說：「看我的！」

她正說着，兩個箭靶突然開始移動……應該說，它的一雙腿開始起來！

在公主和菲爾瑪腳下，放着兩把弓和兩個箭囊，每個箭囊裏裝着三支箭。石巨人發施號令說：

「箭靶開始移動，速速準備，
你們每人只有三次機會！」

我作為一隻理性的小老鼠，開始在腦海中盤算起來：

蒙住眼睛＋跳躍的箭靶
＋對於不確定性的焦慮
＋每人只有三次機會
＝射中箭靶的可能性為 ○！

石巨人在我手中塞了兩條布帶，我把阿麗娜公主和菲爾瑪的眼睛蒙起來了。按照規則，上一輪獲勝者將率先射箭。

菲爾瑪拉弓引箭，深深吸了一口氣，對阿麗娜公主冷笑道：「哼，跟我學着吧！」

她射出的第一支 ➤-箭→，「嗖」的一聲劃破空氣，卡在石頭縫裏。第二支箭則射進了地縫，而第三支……總算射在了箭靶上，但並沒有射中靶心！

「該你了，公主！」我提醒阿麗娜公主。

「一定要全力以赴！」

阿麗娜公主深深吸了口氣，拉開弓箭連射三次。嗖！嗖！嗖！

霎那間，現場一片寂靜……

然後，公主解開**布帶**，歡呼起來：「太好了！我贏了！三支箭都命中靶心！」

太好了！我贏了！三支箭都命中靶

第二道考验：
射箭

旋風眼

看着眼前的比賽結果，我心頭一陣狂喜！

「你是怎麼做到的？」我問阿麗娜公主。

她微笑着對我說：「我回想起和羅倫一起訓練的日子。心無旁騖、保持**精確**……過去我從未意識到他的這些話多有用！」

「唉！羅倫一定會為你而驕傲！」

接着，皇冠守護者——巨人宣布了第二輪的獲勝者，和第三輪比賽規則。

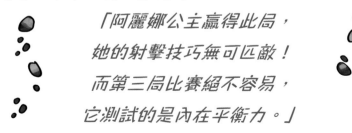

「阿麗娜公主贏得此局，
她的射擊技巧無可匹敵！
而第三局比賽絕不容易，
它測試的是內在平衡力。」

石巨人話音剛落，我們周圍的大地裂開一道道裂縫，從地下冒出許多**高柱**，筆直伸向天空！

柱子的數量很多，連成一片仿如石頭森林！

「你們將在高空，比試拳腳，
沒插翅膀，可要小心摔倒！
最重要的支撐，並非在腳，
而是隱藏在內，無法看到！」

這石巨人真愛賣關子啊！

我根本猜不透他的話！

我唯一看明白的，就是這些
柱子又密又細，若想站在上面，
需要很高的兴 衡技巧！

很高啊！

來呀，接招吧！

　　幸好，石巨人的內心不像他的外表那樣堅硬，他在柱林下變出一片**水塘**……這樣即使有人從柱頂跌落，也只會落入水中，不至於摔成肉醬！

　　我正在左思右想，公主已經爬上一根柱子頂端，**搖搖晃晃**地用單手支撐身體，迎接菲爾瑪的挑戰。

　　菲爾瑪率先發動攻勢，試圖激怒對手：「接招吧，吃我一記**無影腳**！」

但阿麗娜公主飛快地跳到另一根柱子上，穩穩地站住了。

菲爾瑪繼續進攻，身姿敏捷凌厲。

「再接我一記**旋風腿**！」

阿麗娜公主笑着反駁：「你的花樣名詞可真多！我看你應該是饒舌黑帶選手，而不是武術黑帶選手！」

不過，菲爾瑪絕不是等閒之輩。她和阿麗娜公主你一招、我一招地在空中纏鬥，彷彿在演出一場充滿攻擊、防禦、反擊、對抗動作的神秘舞蹈！

不一會兒，菲爾瑪向下一瞥，**一臉慌張**地驚呼：「啊，不會吧！騎士！」

阿麗娜公主心頭一驚，趕忙低頭望向我。而我根本沒有危險！

這根本是菲爾瑪設下的**圈套**，為了引開公主的注意力！嘩啊，她中計了！

阿麗娜公主開始搖晃起來……左搖右晃……前搖後晃……上下搖擺……搖搖欲墜……馬上就要**掉 ㄏ 乂 ㄞ**！

　　「阿麗娜公主，穩住！」我不斷在心裏默默祈禱。

　　我的祈禱靈驗了！

　　阿麗娜公主深呼吸一口氣⋯⋯冷靜下來⋯⋯呼吸與步伐協調一致⋯⋯身體恢復了平衡！

　　狂怒的菲爾瑪試圖再次進攻，但她用力過猛，失了平衡⋯⋯只聽見「噗」的一聲，她栽進水中！

　　「萬歲！萬歲！」我喜悅地跳起來歡呼。

　　我們的叛逆公主又贏了第三局！

唉，這可不對！

　　菲爾瑪 **濕漉漉** 地從水中爬出來，狼狽不堪，活像一隻「落湯雞」。她的頭髮仿如一條條海帶般貼在頭上！

　　石巨人則不容置辯地宣告說：

「小公主此局獲勝，
菲爾瑪，別灰心，還有機會！
你應該更加集中精神！
而非炫耀無影腳、旋風腿！」

　　「別得意！」菲爾瑪 **扭乾** 衣服，對阿麗娜公主尖聲說，「還有四局呢！」

　　聽着，我緊張得鬍子根根豎起……

天知道還有什麼新的挑戰在等着我們？

唉！誰知道呢？

我簡直等不及了⋯⋯

石巨人為我們揭開謎題：

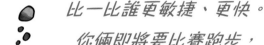

「第四道考驗在前面等待，

比一比誰更敏捷、更快。

你倆即將要比賽跑步，

誰最先到，誰就勝出！」

阿麗娜公主和菲爾瑪面前現出一條跑道，環繞整個七秘密之島。

原來，她們需要比賽**長跑**！

而負責發令的⋯⋯則是我！

石巨人交給我一面大銅鑼，我一敲**響**，她們就開始起跑！

我準備就位，高聲呼喊：「預備，出發，跑！」

我用力敲響那個大**銅鑼**。

咚！

她們頓時開跑，快如**閃電**般飛馳！

皇冠守護者石巨人邀請我坐在他肩上，讓我從高處鳥瞰比賽戰況。對我來說，這位置太高了……不過視野的確不錯！

菲爾瑪起步時極為**敏捷**，看來她決定拼盡全力，不惜一切要贏得此局！

而阿麗娜公主的步伐沉穩，她在起跑兩圈後開

始反超菲爾瑪，並一直保持領先！

「**阿麗娜**！**阿麗娜**！加油！加油！」我歡呼起來。

眼看阿麗娜公主即將衝過終點線，菲爾瑪突然從一條不起眼的小路上竄出來！唉，這不對呢！她在**抄近路**！

沒過幾秒鐘，她就衝到主路上，超過了阿麗娜公主，嘴裏吆喝着：「**我贏了**！」

就這樣，她搶在公主前衝過了終點線！

「這不公平！」我抗議說，「她這是作弊！」

責任心與智慧

石巨人無視我的抗議，宣布第五輪考驗即將開始！

「第五道考驗即將來臨，
將測試智慧與責任心！
若想坐寶座、掌控全域，
頭腦必須聰明機靈。
你們必須向我展示，
誰更適合坐上寶座！」

這次，一個木架子出現在兩位女孩面前，上面擺着一本書。

公主和菲爾瑪閱讀書中的內容後，陷入沉思。

菲爾瑪開口說：「我先選一千個麵包，以拯救民眾於饑荒！然後，選擇小麥種子，以便日後可以

如果你是一國之君，
你的國家發生了饑荒，
民眾們在挨餓！
一位魔法師決定幫助你們，
送給你們三件禮物：
一千個麵包、小麥種子，
和一首美妙的歌曲。
請按照你心目中的重要次序，
把這三件禮物排序。
你會如何選擇？

第五道考驗：
抉擇

製造麵包，最後選擇歌曲。如果民眾都在挨餓，唱歌又有何用？應該先填飽肚子，再充實心靈。」

阿麗娜公主聽完她的發言後說：「我的選擇截然相反。我會先選擇美妙**歌曲**，隨後是小麥種子，最後選擇一千個麵包。歌曲可以讓人民團結一心，在播下種子等待**發芽**和收成時，讓大家互相幫助，從而避免為爭奪糧食而發生戰爭。最後，才選擇**一千個麵包**，因為麵包只能暫時填飽肚子，但並非長久之計。」

「這是從長遠角度做出的選擇！」我內心讚許地想。

石巨人並未做出評論，示意兩個女孩繼續翻閱木架上的書。

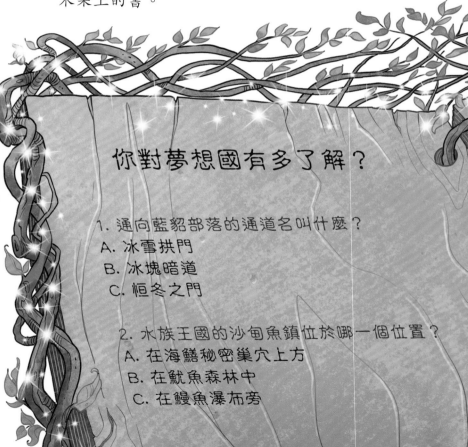

你對夢想國有多了解？

1. 通向藍貂部落的通道名叫什麼？
   A. 冰雪拱門
   B. 冰塊暗道
   C. 恒冬之門

2. 水族王國的沙甸魚鎮位於哪一個位置？
   A. 在海鱔秘密巢穴上方
   B. 在魷魚森林中
   C. 在鰻魚瀑布旁

你能幫助阿麗娜
公主回答以下
這些問題嗎？

答案參見第277頁。

3. 巨人部落留下的最後一位成員叫什麼名字
（這裏指的是有血有肉的巨人，而不是守護
皇冠的石巨人，雖然他們是表兄弟）？
A. 勇敢的心
B. 垮掉的心
C. 跳動的心

4. 這位巨人的太太叫什麼名字？
A. 皮紮艾拉
B. 梅洛維亞
C. 斯芙古拉

5. 夢想國最臭烘烘的生物名叫什麼？
A. 臭臭蛋
B. 難聞怪
C. 食肉魔

第六道考驗：
問答測驗

你對夢想國有多了解？

1. 通向藍銘部落的通道名叫什麼？
   A. 冰雪拱門
   B. 冰塊暗道
   C. 隆冬之門

2. 水族王國的沙甸魚鎮位於哪一個位置？
   A. 在海龜秘密巢穴上方
   B. 在魟魚森林中
   C. 在鯨魚瀑布旁

3. 巨人部落留下的數後一仙炭爵叫什麼名字（這裏指的是有血有肉的巨人，而不是守護皇宮的石巨人，雖然他們是表兄弟）？
   A. 勇敢的心
   B. 捧捧的心
   C. 跳動的心

4. 這位巨人的太太叫什麼名字？
   A. 皮紫汶拉
   B. 梅洛雅亞
   C. 斯美古拉

5. 夢想國最可怕的生物是
   A. 臭臭蛋
   B. 難關經
   C. 食肉魔

這道我不會！

這題太簡單！

原來這是關於夢想國的 **問答測驗**！

阿麗娜公主和菲爾瑪各自交出答案。

石巨人批閱後，高聲宣布：

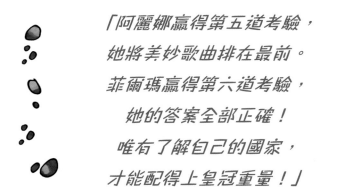

「阿麗娜贏得第五道考驗，
她將美妙歌曲排在最前。
菲爾瑪贏得第六道考驗，
她的答案全部正確！
唯有了解自己的國家，
才能配得上皇冠重量！」

這樣一來，公主和她的表妹居然打成了 **平手**！

她們的得分相同，仍無法分出勝負！

第274-275頁答案：1-C，2-A，3-A，4-B，5-C。

快抓緊我！

「嗚嗚嗚嗚嗚嗚嗚嗚！」

這嘹亮聲音並非來自動物嚎叫，而是號角（簡直是震耳欲聾！）。石巨人正拼足了勁，宣布第七道考驗──決勝局的來臨！

好恐懼！好焦慮！好緊張！自從我被任命為「正直無畏的騎士」以來，我從未試過如此激動，夢想帝國皇冠，距離我們只有一步之遙！

石巨人指了指島中央的山峯，只見雪峯頂上，赫然聳立着一個**石頭寶座**！

「若想佩戴高貴皇冠，
先要攀爬險峻高山。
誰先登上山峯之巔，
就能坐上寶座之位！」

278

　　我再次登上石巨人肩膀，觀察戰況。阿麗娜公主和菲爾瑪卯足了勁，攀上第一塊**凸起**的巨岩，登頂攀岩開始了！

　　阿麗娜公主起步時敏捷輕快，她行動自如地在一塊塊凸起的岩石上騰動攀爬，而菲爾瑪也不甘落後，緊緊追趕！過了沒多久，她們的速度明顯放緩了，兩個人都氣喘吁吁。而越往上爬，岩壁變得越發陡峭，她們**拚命**勾住岩縫。

　　「阿麗娜公主，堅持住！別往下看！」我高喊着，希望她能聽到我的加油聲。

　　阿麗娜公主似乎感受到我的鼓勵，她重新**發力**，超越了菲爾瑪！

　　公主只差最後一步，就能登頂到達寶座了，我真為她驕傲！

　　菲爾瑪的慘叫聲從下方傳來：「呀！我扭傷了腳踝！我要摔下去啦！」

　　阿麗娜公主趕忙停下，向下方的菲爾瑪伸出手臂：「**快抓緊我！**」

　　菲爾瑪以為沒人看見她的把戲（事實上我看得清清楚楚！）。她用力拽住阿麗娜公主的手……反身超過了她！最後，她率先登頂，急不及待坐上石頭寶座。

　　「**我贏啦**！」她歡呼起來，「我贏了第七道考驗！夢想帝國皇冠屬於我的！」

　　什麼什麼什麼？！

　　我討厭不公平……她剛剛的行為太可恥！

　　「她不能獲得皇冠！」我高聲對石巨人抗議，「她**作弊**！」

　　「那又如何，我已經坐上了這王位。」菲爾瑪愜意地坐在寶座上反駁我。

　　「第一個登頂的是我吧？」

　　我**氣憤**得渾身直發抖！

　　明明阿麗娜公主才是獲勝者！

　　「那麼，皇冠現在何處？」菲爾瑪不耐煩地問。

　　但是，她期待的**皇冠**並未出現……

突然，寶座彷彿有生命般開始搖晃起來！
它劇烈抖動、搖晃、震顫……
將菲爾瑪從寶座上搖落下來！

夢想帝國皇冠！

菲爾瑪摔得四腳朝天，寶座靜靜聳立在山巔，等待着**真正的主人**！

我簡直無法相信自己的雙眼！那寶座居然**搖落**了妮勒迪娜的女兒。

什麼什麼什麼?!

此時，阿麗娜公主剛剛爬上山巔，她正疲憊地喘着氣。「呼哧！呼哧！菲爾瑪，你躺在地上做什麼？你贏得了最後一局⋯⋯勝利屬於你！」公主**難過**地説。

石巨人瞥了一眼菲爾瑪，聲如洪鐘地宣布：

「最後的勝利不屬於你，
因你的行為讓人鄙夷。
你的能力堪稱萬中無一，
可同樣擅長偽裝和欺詐。
聰明、細心、機靈，
領導力、智慧、責任心，
這些品質當然珍貴至極，
可最難得的，是善良純潔的心！
皇冠的主人讓我心悅誠服：
那就是阿麗娜……叛逆公主！」

　　石巨人再次吹響號角，宣布第七道考驗及整個
比賽到此結束。

阿麗娜公主，這個我從她嬰兒時期就認識的小丫頭，這個甜美可愛的女孩，最終勝出了比賽！

「我簡直不敢相信，」公主感動地喃喃自語。她剛剛坐上寶座，一個精美璀璨的黃金皇冠徐徐降落在她膝蓋上。我從未見過如此精緻之物……那就是傳說中的……

夢想帝國皇冠！

「騎士，我們成功了！」阿麗娜公主的雙眼盈滿喜悅。

我激動地歡呼：「我們勝利了！」

而菲爾瑪總算嘗到了她應得的下場……**失敗！**

雖然她在比賽中贏得了四局，但是她第一局勝在冷酷無情，第四局勝在抄近路。而最後一局，勝在利用阿麗娜公主的善良！

石巨人伸出巨大的石指頭，將我送上山巔，來到公主身旁。

離別時刻來臨了。

「謝謝你，皇冠守護者。」我向他深深鞠了一躬。

我提醒阿麗娜公主：「現在我們要將夢想帝國皇冠交給芙勒迪娜皇后！她正急切地等待着我們！」

「謝謝你，守護者，謝謝你所做的一切！」公主說。

就在此時，阿麗娜公主身下的寶座自動脫離了山崖，宛如熱氣球般輕盈地漂浮在空氣中！

「等等我，阿麗娜公主！」我叫起來，趕忙伸手抓住寶座的底部，身體漸漸離開地面。

石巨人向我們揮手道別，並說那寶座會一直護送我們到水晶宮。

這時，菲爾瑪試圖做最後一搏。

「你們休想甩下我逃走！那皇冠是屬於我的！」她一邊威脅我們，一邊抓住石頭寶座一角。「你們

休想走，你們不能走！聽懂了嗎？你們休想……嘩啊啊啊！」

　　她在慌亂中鬆開了手，筆直地從空中摔下下下下下下下下下下下下下下下下下下下下下下下下下下下下下下下下下下下

　　我們看不清她跌落在何處，只聽見她狂怒的叫喊聲消失在風中。

　　儘管她對我們**心懷敵意**，我仍為她的遭遇感到難過，但是我們已無法停下飛行中的寶座。

　　七秘密之島距離我們越來越遠，我們在**風**中高速飛行，前往水晶宮！

新女皇

這次不一樣的飛行旅程真是驚心動魄，我像一塊大乳酪般掛在寶座邊上，兩條腿懸在空中亂晃！

「騎士，快爬上來和我一起坐！」阿麗娜公主呼喚我，一邊幫助我爬上寶座。

「我希望一切還來得及。」我安頓好後心裏不禁在祈求。（希望不要再出亂子！）

啊啊啊，真可怕……我們在廣闊的藍天飛行，在雲端穿梭。經過漫長的飛行，那熟悉的璀璨藍色尖頂映入我們的眼簾，我們終於抵達了水晶宮！

水晶宮的戰鬥進入到白熱化階段，隱形軍團將城堡圍得像鐵桶般密不透風。城堡裏煙塵飛揚，我們根本分不清哪些是戰友、哪些是敵人！

　　大事不好！我發現**芙勒迪娜皇后**被一羣野蠻的矛槍手包圍起來，他們正打算撒網擒住她！

　　她**忠誠**的宮廷侍從不知身在何處，隱形軍團已經佔據上風！

　　阿麗娜公主高聲疾呼：「媽媽，堅持住！我帶着皇冠回來了！」

　　就在此時，寶座散發出耀眼璀璨的光束。

那道光灑向遠處的平原和山巒。光芒籠罩着水晶宮頂，籠罩了戰場……

那光芒刺入隱形軍團的眼睛，他們開始慌忙逃竄，而*長翅族*盟軍則重獲力量，倒地不起的戰士重獲新生，大家驚奇地抬頭望向天空。

「叛逆公主回來啦！」

那寶座降落在芙勒迪娜皇后身旁。我差一點認不出她來了！只見她面容蒼白、垂下頭、雙目緊閉，一定是被矛槍所傷……她身上傷痕纍纍！

幸好，在寶座*神秘光芒*下和阿麗娜公主的呼喚中，皇后的臉上又有了血色，她的身體逐漸恢復了體力！

阿麗娜公主緊緊抱住她，為母女重逢而喜悅。

「媽媽，快看皇冠。」她為母親展示新帝國*光芒四射*的珍寶。

為了紀念這莊嚴的時刻，阿麗娜公主如**侍衛**般

跪在地上，將皇冠獻給了芙勒迪娜皇后。

　　但是，芙勒迪娜皇后的手剛一觸到皇冠……它表面的光芒瞬即黯淡下去。

　　看着這個情景，我、阿麗娜公主和芙勒迪娜皇后都震驚得張大嘴巴，驚訝萬分。

　　芙勒迪娜皇后輕輕撫摸皇冠，它現在看上去和普通的金皇冠並無不同。

　　皇后將皇冠遞給阿麗娜公主，喃喃地說：「**我的女兒**，你來撫摸它試試。」

　　阿麗娜公主試着做了……皇冠重新開始閃耀出太陽般的光輝。空氣中瀰漫着香氣，那**香氣**傳遞給我們力量、勇氣、忠誠……那些叛逆公主身上擁有的品質！

　　芙勒迪娜皇后看着眼前的一幕，眼眸閃爍的目光比**皇冠**更晶瑩。

　　「我內心已感知到，」她的聲音由於感動而有些嘶啞，「你遵照我的囑託，將皇冠帶了回來。

揉一揉皇冠四周的光芒，你就能聞到叛逆公主的香氣！

「可是理應戴上它的人，不是我。你才是當之無愧配得上這一頂皇冠的人：

阿麗娜，你將成為新女皇！

這也是皇冠的授意！」

於是，她將夢想帝國皇冠戴在阿麗娜公主——新任女皇的頭上！皇冠上的黃金頓時散射出純淨光輝！

阿麗娜公主不知所措地回答：「媽媽……我簡直不敢相信……我可配不上這一切……」

「不，你配得上。」芙勒迪娜皇后說，「你值得擁有它。我們都為你而自豪！」

所有的盟軍戰友爆發出一陣歡呼：

「新女皇萬歲！」

請你把書中的夢想帝國鑰匙垂直放在虛線的位置上，你就會發現一個關鍵詞語。隨後，在第313頁填上這個詞語，你就能解讀女皇頒布的詔令了。

　　阿麗娜公主露出了靦腆又自豪的笑容。看到這一切，我真為她感到**喜悅**！

　　「騎士，」芙勒迪娜皇后轉向我說。「同往常一樣，你這次也沒有辜負我的重託。我知道你絕不會讓我失望。你是我所能想像到**最好的朋友**！」

　　我的臉漲得通紅，喃喃地說：「其實，我只是一路陪伴公主而已！我很欣慰能有此榮幸。」

　　「你也付出了很多！」一把聲音在我背後響起來，那是我熟悉的聲音！

　　「**皺皺嬸**！」我驚呼道，衝過去抱住她的龜殼。

　　「你們怎麼回來的？」

　　「我和黎明把那幾個隱形軍團士兵打得落花流水，就在此時，我們發現天空被一陣光芒照亮了……然後我們就奇跡般回到這裏，我們幾個都在一起！」

　　「**黎明**！」小公主欣喜地把腦袋埋在老虎的毛皮中。「你得救了！我們再也不分開啦！愛財娃……你也回來啦！那瑞克……還有你，**羅倫**……」

「我回来了。」馴龍員小伙子説，「為了你，我的公主。」

羅倫！

他倆緊緊**擁抱**在一起，千言萬語盡在不言中。

我作為一隻小老鼠，一隻浪漫的鼠，感覺自己的心如同太陽下的乳酪般融化了！

芙勒迪娜皇后温柔地説：「我很高興通過這次冒險，你倆克服了彼此的……個性**差異**！我一直期盼着這一刻。阿麗娜，讓我告訴你一個秘密，夢想帝國皇冠，可以為佩戴它的主人實現一個**願望**——象徵夢想帝國和諧之夢的願望！」

阿麗娜公主陷入了沉思，其實她毋需沉思這麼久。她閉上雙目，悄聲許願，隨後告訴我們：「我已經許下願望了。」

加冕典禮

在水晶宮的清掃工作以及宮門修繕工作完成後，芙勒迪娜皇后宣布將準備召開正式的加冕典禮。

在我們擊退隱形軍團後，和諧之石重回到水晶宮的匣子裏。為了加強保護，這次皇后為匣子加了七道鎖。

只有由百花谷最古老工匠所打造具有魔法的夢想帝國鑰匙，才能打開這個匣子。

一切都在有條不紊地進行中，只有阿麗娜公主心神不定，説：「我的心裏直打鼓，萬一我配不上這崇高的地位呢？」

「我肯定你配得上！」我鼓勵她說。

在這短短的幾天內，我的朋友似乎成長了許多。她的雙眸中仍然不時閃現出叛逆公主的調皮氣質，但是她的面容卻開始變得莊重柔和。儘管加冕儀式即將開始，阿麗娜公主仍捨不得摘下往日佩戴的項鏈和手鐲，而唯一從她頭上消失的飾品，是那蜻蜓形狀的髮飾——菲爾瑪贈與她的禮物。

這天晚上，皓月當空，皎潔的月光灑在水晶宮明澈的玻璃上，似乎在為即將開始的加冕典禮助興。

在宮殿內，所有參與七秘密之島旅程的伙伴，以及作為長翅族盟軍參加這一場水晶宮保衛戰的朋友都聚集一堂，和平終於再次回到我們身邊！

芙勒迪娜皇后莊重地將皇冠戴在阿麗娜公主頭上，那皇冠閃射出比月光更晶瑩的光輝。芙勒迪娜皇后宣布：「我將夢想帝國皇冠授予你。你完成了一項偉大的任務。」

阿麗娜公主回答：「首先，我衷心感謝所有一路陪伴我的英雄們。皺皺嬸，感謝你給我充滿智慧的建議讓我獲益匪淺，我任命你為夢想帝國最高顧問！愛財娃，你將成為夢想帝國的財務官！至於你，我的朋友，」阿麗娜公主望着我說，「現在我正式冊封你為夢想帝國騎士！」

「萬歲！太好了！」在場的嘉賓齊聲喝彩。

突然，人羣陷入一片寂靜。一個人緩緩步入大廳，居然是她——菲爾瑪！

阿麗娜公主從寶座上站起來，前去迎接她：「我許下的那個願望就是希望你能獲救。我的心告訴我，在你往日擔任我侍女時，我們結下的友情，並不全是虛情假意……」

菲爾瑪垂下目光，悔恨地說：「我在水晶宮的

請你把書中的夢想帝國鑰匙垂直放在虛線的位置上，你就會發現一個關鍵詞語。隨後，在第313頁填上這個詞語，你就能解讀女皇頒布的詔令了。

那段日子，我的確曾真心喜愛你。你的**內心**純真，而我利用了你的純真。我希望你能原諒我。」

「每個人都值得擁有第二次機會！」阿麗娜公主說，「我原諒你！」

阿麗娜公主的回答，證明她的確是一位真正的公主……應該說是女皇！就在她發言的一瞬間，頭上的皇冠閃耀出比往日更明亮的光芒。就在此時，一道**陰影**突然降臨在大廳裏，遮住了那股光芒！

我原諒你！

不速之客

在大廳裏，剎那間變得如**黑水**一樣漆黑！就像發生了月食！

就像有不速之客闖了進來——她是**妮勒迪娜**！

的確是她！芙勒迪娜皇后邪惡的攣生妹妹——妮勒迪娜，她穿着一襲黑衣向我們飛來！

她宛如龍捲風般降落在大廳內，高聲叫嚷：「夢想帝國絕不會誕生！而你呢，我的女兒，你為何沒繼承我**殘忍**的心性？你本應奪得皇冠來見我，而你卻投降敵軍，活像一個弱不禁風的仙女！你真讓我失望……現在你和你的好姊妹，要為此付出代價！」

她伸出一支**骨頭魔法杖**，指向阿麗娜女皇和菲爾瑪，準備施下邪惡的咒語……

一瞬間，事情的進展出乎所有人意料！

一個小小的、滑溜溜的綠傢伙，猛地蹦跳到妮勒迪娜背上，像個小吸盤一樣扒住她的臉。那是**綠呱呱**！

「你休想再傷害任何人！」小青蛙大喊。

「走開，你這青蛙，走開！」妮勒迪娜試圖摔落她。小青蛙卻靈巧地**竄**到她頭頂，又蹦到她手臂上，拚命阻止她施咒語。

妮勒迪娜好不容易逮住了綠呱呱，騰出手來將魔法杖對準阿麗娜女皇……我必須立刻反擊！

以一千塊莫澤雷勒乳酪的名義發誓……我該如何行動？

我一把抓住餐桌上的托盤（真不知道自己從哪兒來的勇氣！），抓起它當作**盾牌**擋在新女皇前面！

幸好，妮勒迪娜那魔法杖射出的邪惡之光，沒有把我烤成鼠肉串！

就在此時，一道**強烈的金色光束**從寶座中射出，擊中了邪惡的女巫！

那光芒如此純淨、耀眼，讓她眼花繚亂，那是**邪惡之心**無法抵抗的正義之光！

不不不不不！

　　妮勒迪娜連忙遮住臉，在準備撤退前發出最後的威脅通牒：「你們休想復興夢想帝國⋯⋯我會**捲土重來**，等着瞧！」

　　説罷，她仿如蝙蝠一般，消失在暗夜裏。我一直懸着的心總算放下了。我大口喘着粗氣！*剛才的一幕太驚險了！！！*

　　「綠呱呱！」阿麗娜女皇説，「謝謝你為了菲爾瑪和我挺身而出。如果沒有你，夢想帝國會**陷入險境**！」

　　綠呱呱輕聲嘀咕：「我幫助你們是為了贖罪！我曾欺騙了你們，我活着還不如一隻沼澤蛙、一枚蘆葦叢的霉菌、一個⋯⋯」

　　「綠呱呱，」阿麗娜女皇微笑着打斷她的話，「你捨命來保護了我們。接住這個！」

　　小青蛙接過阿麗娜女皇遞來的**羊皮卷**，閲讀上面的文字。

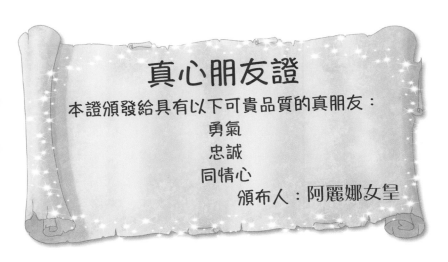

真心朋友證

本證頒發給具有以下可貴品質的真朋友：

勇氣

忠誠

同情心

頒布人：阿麗娜女皇

綠呱呱的眼裏盈滿淚珠，她激動地語無倫次：「我……*真朋友*！真的是我？你肯定？」

「絕對肯定！」阿麗娜女皇說，「我還沒說完呢，你將成為夢想帝國的*小信使*！現在，親愛的親朋好友們，讓我們繼續慶祝吧！」

邁向新帝國的第一步

這真是一個美妙的慶祝之夜，到處洋溢着希望，一個嶄新的、傳奇的

夢想帝國

即將誕生了！誰也不知道它的疆土將延伸到何處！

我能想像年輕的阿麗娜女皇即將面對的巨大挑戰。曾經的叛逆公主，如今將成為偉大帝國的領袖，這一切絕非易事，而我已準備好與她並肩奮鬥。在我聆聽了她對夢想帝國所有生靈頒布的詔令後，我下定了這個決心。

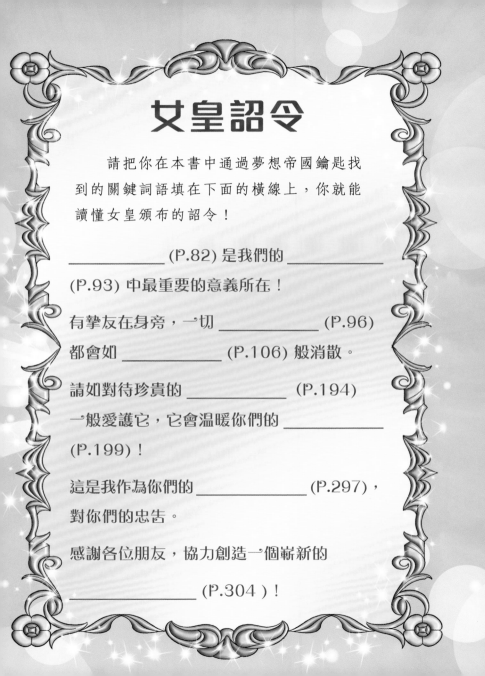

女皇詔令

　　請把你在本書中通過夢想帝國鑰匙找到的關鍵詞語填在下面的橫線上，你就能讀懂女皇頒布的詔令！

_____ (P.82) 是我們的 _____

(P.93) 中最重要的意義所在！

有摯友在身旁，一切 _____ (P.96)

都會如 _____ (P.106) 般消散。

請如對待珍貴的 _____ (P.194)

一般愛護它，它會溫暖你們的 _____

(P.199)！

這是我作為你們的 _____ (P.297)，

對你們的忠告。

感謝各位朋友，協力創造一個嶄新的

_____ (P.304)！

離別的時刻終於來臨了。

我多麼捨不得這些好朋友啊！

羅倫握住我的手，說：「**納瑞克**會護送你平安回家。希望有一天可以再見到你，騎士！」

我叮囑說：「好好照顧阿麗娜女皇！」

羅倫點點頭，伸出手臂輕搭在阿麗娜女皇的肩上，阿麗娜女皇朝他莞爾一笑。他倆終於學會了如何與對方相處！

你現在是一位真正的女皇了！

阿麗娜女皇對我說：「騎士，如果說我從這次冒險旅程中感悟到了什麼，那就是**永遠不要以貌取人**。

314

「曾經的叛徒，也許會成為朋友。在敵人的外表內，也許會藏着善良的心。」

我說：「你說得很有道理。不過有時候，以貌取人未必不準，比如說你，你現在是一位**真正的女皇**了！」

我們正說笑着，一個體形龐大、威風凜凜的傢伙從後面推了我一下。我轉過身……發現白老虎黎明正臉對臉望着我！

咕嚕！ 咕嚕！ 咕嚕！

黎明半睜雙目，喉嚨裏發出響聲，應該說是「咕嚕」聲！

「黎明捨不得你……牠發出『咕嚕』聲，是在和你道別！」阿麗娜女皇笑了起來。

我微笑着**撓撓**黎明的下巴。

如今我已經熟悉了牠的性情，因此我（幾乎）不會再害怕牠啦！

隨後，我擁抱了**愛財娃**（她總算沒有再問我借錢！）和**綠呱呱**（她總算能從我身上爬下來啦！），現在該與皺皺嬸道別了。

「這次旅程令我畢生難忘……我會想念你！」我喃喃地説，**親**了親她的腳。

我的烏龜朋友凝視着我説：「對於每個心思細膩的人，回憶都十分寶貴。不過，別忘記，心中有多少遺憾，就會有多少**夢想**要實現，這樣我們才會永遠年輕！」

我會想念你！

316

　　我回答：「你總是看到事物的積極一面，你的話我會銘記在心！」

　　我跨上了翡翠綠龍的背，芙勒迪娜皇后向我道別：「親愛的騎士，你的**勇氣**和**無私**精神再一次拯救了我們的王國！擁有你這位在困境時可以依靠的朋友，真是太好了！」

　　我們升上高空，伴着黎明的晨曦飛翔。

　　而**夢想帝國**，即將步入新時代，翻開了新的篇章。這一章將由阿麗娜——叛逆公主來書寫！

給班哲文的驚喜

今天是個大日子，《奇幻故事集》**出版**啦！

這天清晨，我在前往《鼠民公報》的辦公室前，陪同我的小姪子班哲文去拿新書，我迫不及待地想讓他看看我為他準備的這一份**驚喜**了！

班哲文的鬍鬚喜悅地抽動着，他說：「叔叔，我真喜歡你的 **《奇幻故事集》**！我已經等不及想閱讀整本書啦！」

我欣喜地回答說：「希望成果能讓你滿意！我可是全身心投入在其中呢！」

書報攤前已經排了長長的隊伍，看來這本書很**受歡迎**！

班哲文拿到了一本 **《奇幻故事集》** 的首發書冊，當他翻閱書頁時，驚訝得目瞪口呆。

「叔叔，這些插圖⋯⋯會從書裏彈出來！」

我微笑着點點頭：「這正是我的構想。希望這一次你不僅僅能讀到我夢想中的奇遇⋯⋯更能感受到一本與眾不同的書──夢想帝國的**立體書**！」

班哲文目不轉睛地注視着書中栩栩如生的生物和場景。

當他看到**翡翠巨龍**在紙頁中張開龐大的翅膀，便發出讚歎：「嘩，真神奇啊啊啊啊啊啊⋯⋯」

當他看到巨大的蜘蛛藝境大師從書中彈出時，不禁驚呼道：「嘩啊啊啊啊啊啊⋯⋯」，而看到石巨人出現在他面前時，緊張得屏住呼吸。

當我看到一頁紙上彈出皺皺嬸、愛財娃、綠呱呱、黎明、羅倫和阿麗娜公主的畫像時，不禁**感動**不已。他們都是*我的朋友*。透過這些栩栩如生的場景，我彷彿回到這些伙伴們身邊。

　　感謝編輯部同事的努力，跟我一起完成了這本非常特別的立體書。讓孩子們能有機會閱讀到我的故事，讓夢想國波瀾壯闊的事跡留存於人們的心間。

　　永遠留存下來的，還有我在夢想國的歷險故事，一次精彩絕倫的歷險！

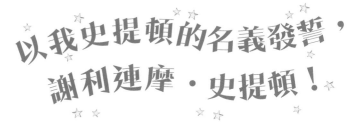

以我史提頓的名義發誓，
謝利連摩·史提頓！

奇鼠歷險記13

水晶宮保衞戰

L'IMPERO DELLA FANTASIA

作　　者：Geronimo Stilton　謝利連摩·史提頓
譯　　者：林曉容
責任編輯：胡頌茵
中文版封面設計：李成宇
中文版內文設計：劉蔚
出　　版：新雅文化事業有限公司
　　　　　香港英皇道499號北角工業大廈18樓
　　　　　電話：(852) 2138 7998
　　　　　傳真：(852) 2597 4003
　　　　　網址：http://www.sunya.com.hk
　　　　　電郵：marketing@sunya.com.hk
發　　行：香港聯合書刊物流有限公司
　　　　　香港新界大埔汀麗路36號中華商務印刷大廈3字樓
　　　　　電話：(852) 2150 2100　　傳真：(852) 2407 3062
　　　　　電郵：info@suplogistics.com.hk
印　　刷：C & C Offset Printing Co., Ltd.
　　　　　香港新界大埔汀麗路36號
版　　次：二〇二〇年七月初版

版權所有 · 不准翻印
中文版版權由Edizioni Piemme授予，僅限香港及澳門地區銷售
http://www.geronimostilton.com
Based on an original idea by Elisabetta Dami.

Cover By: Danilo Barozzi, Viola Massarenti
Graphic Designer: Stefano Moro
Story Illustrations: Silvia Bigolin, Carla Debernardi, Ivan Bigarella, Alessandro Muscillo, Danilo Barozzi and Christian Aliprandi
Graphics: Marta Lorini
Art Director: Lara Martinellii
Artistic assistance: Andrea Alba Benelle
Geronimo Stilton names, characters and related indicia are copyright, trademark and exclusive license of Atlantyca S.p.A. All Rights Reserved.
The moral right of the author has been asserted.
No part of this book may be stored, reproduced or transmitted in any form or by any means, electronic or mechanical, including photocopying, recording, or by any information storage and retrieval system, without written permission from the copyright holder.
For information address Atlantyca S.p.A.
Stilton is the name of a famous English cheese. It is a registered trademark of the Stilton Cheese Makers' Association.
For more information go to www.stiltoncheese.com
ISBN: 978-962-08-7502-1
© 2019-Mondadori Libri S.p.A. for PIEMME, Italia
International Rights © Atlantyca S.p.A., via Leopardi 8, 20123 Milano, Italia -foreignrights@atlantyca.it
www.atlantyca.com
Traditional Chinese Edition © 2020 Sun Ya Publications (HK) Ltd.
18/F, North Point Industrial Building, 499 King's Road, Hong Kong
Published in Hong Kong
Printed in China

奇鼠歷險記

①漫遊夢想國　②追尋幸福之旅　③尋找失蹤的皇后　④龍族的騎士　⑤仙女歌雅不見了

⑥深海水晶騎士　⑦追尋夢想國珍寶　⑧女巫的時間魔咒　⑨水晶宮的魔法寶物　⑩勇戰飛天海盜

⑪光明守護者傳說　⑫巨龍潭傳說　⑬水晶宮保衛戰

勇士回歸（大長篇1）　失落的魔戒（大長篇2）

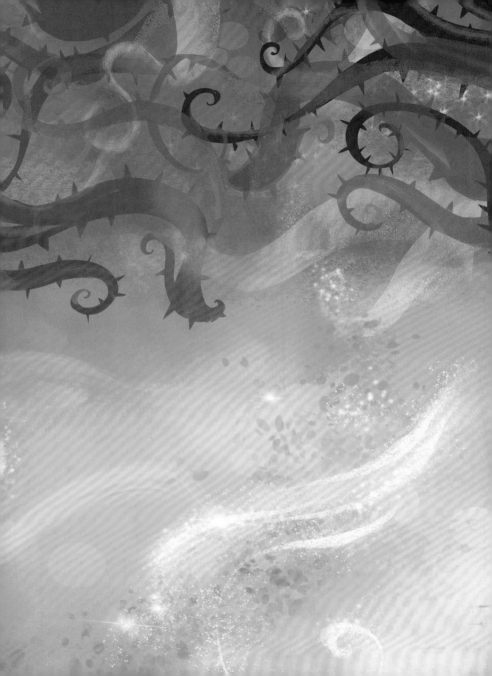

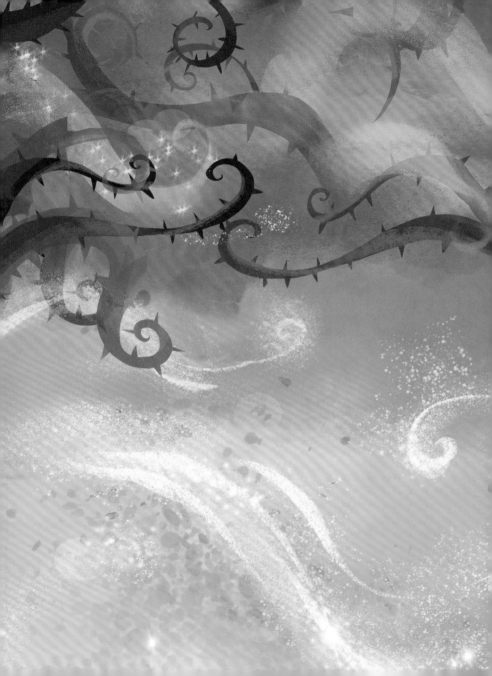